书桌里的秘密

〔日本〕河野贵子 等／著
蒋渝 等／译
晕妹纸／绘

GUANGXI NORMAL UNIVERSITY PRESS
广西师范大学出版社
·桂林·

书桌里的秘密
Shuzhuo Li De Mimi

出 品 人：柳 漾
编辑总监：周 英
项目主管：冒海燕
责任编辑：冒海燕
装帧设计：林格伦文化
封面设计：李 坤 潘丽芬
责任技编：李春林

图书在版编目（CIP）数据

书桌里的秘密／（日）河野贵子等著；蒋渝等译；晕妹纸绘. --桂林：广西师范大学出版社，2017.9
（2019.3 重印）
（魔法象. 故事森林. 世界大作家寄小读者丛书）
ISBN 978-7-5495-9821-2

Ⅰ. ①书… Ⅱ. ①河…②蒋…③晕… Ⅲ. ①儿童小说－短篇小说－小说集－世界 Ⅳ. ①I18

中国版本图书馆 CIP 数据核字（2017）第 127987 号

广西师范大学出版社出版发行
（广西桂林市五里店路 9 号 邮政编码：541004
网址：http://www.bbtpress.com）
出版人：张艺兵
全国新华书店经销
河北远涛彩色印刷有限公司印刷
（河北省石家庄市栾城区冶河村 邮政编码：050000）
开本：880 mm × 1 240 mm 1/32
印张：6 字数：88 千字
2017 年 9 月第 1 版 2019 年 3 月第 2 次印刷
定价：21.80 元

前言

曾经有许多人这样设想过：假如有一天，你将独自一人驾驶着一艘小舟绕地球旅行，或者你将独自一人前往一座孤岛，在那里生活一年甚至更久的时间，而你只能（或者说只允许你）选择一样东西带在身边，供自己娱乐，那么，你将选择什么呢？

是一块大蛋糕、一盒扑克牌、一只小松鼠、一幅美丽的图画，还是一本书、一个八音盒、一把口琴，或一只装满了纸的画箱？

每个人都可以自由地做出自己的选择。然而大多数人表示，更愿意选择一本书。蛋糕一吃就没了；扑克牌和松鼠不久就会变得乏味；围绕在孤岛四周的大海上的景色，胜过你带去的最美丽的图画；八音盒和口琴只能唤起你更大的孤独感；画箱里的纸装得再多也会用完……而唯有一本书——一本你所喜爱的书，才仿佛是一位永远亲切而有趣的旅伴。

它将伴随你，给你无穷无尽的想象和欢乐，使你百读不厌、常读常新，不断地感知和发现新的真理；它将帮助你战胜寂寞和孤独，像黑夜里的明灯、星光和小小的萤火虫，为你照亮夜行的小路，指引你、帮助你去认识世上的善恶和美丑。

是的，什么也不能像书那样帮助我们，用生活、用心灵去感知和认识未知的事物。英国著名女作家尤安·艾肯在1974年为国际儿童图书节所写的献辞里讲到，如果有一天，她真的独自漂流在茫茫的大海上，身边只有一本书为伴，那么，“我愿意坐在自己的船里，一遍又一遍地读那本书”。她说：“首先，我会思考，想想故事里的人为何如此作为。然后，我可能会想，作家为什么要写那个故事。接下来，我会在脑子里继续这个故事，回过头来回味我最欣赏的一些片段，并问问自己为什么喜欢它们。我还会再读另一部分，试图从中找到我以前忽视了的东西。做完这些，我还会把从书中学到的东西列个单子。最后，我会想象那个作者是什么样的，全凭他写书的方式去判断他……这真像与另一个人同船而行。”女作家相信，在这种情况下，一本书就是一位好朋友，是一处你随时乐意去就去的熟地方。而且从某种意义上说，它是只属于自己的东西，因为世上没有两个人用同一种方式去读同一本书。

另一位国际安徒生奖获得者、苏联著名儿童文学家和教育家谢尔盖·米哈尔科夫，写过一本关于儿童成长与素质教育问题的散文名著《一切从童年开始》。他在这本书的开篇就指出：书是孩子们生活中最好的伴侣。他说，无论孩子们的家庭生活和学校生活多么有趣，可是如果不去阅读一些美好、有趣和珍贵的书，也就像被夺去了童年最可贵的财富一样，其损失将是不可弥补的。很难设想一个没有阅读、没有好书的记忆的童年会是什么样子。他告诉所有的家长、老师和为孩子们工作的人："一本适时的好书能够决定一个人的命运，或者成为他的指路明星，确定他终生的理想。"这本书中还有一章《生活中的伴侣：书》，专门谈论书与阅读对一个孩子的成长的重要性和影响力。他谈到，有些书，一个人如果不在童年时读到它们，不曾在童年时代为它们动过真情、流过眼泪，那么这个人的本性和他整个的精神成长，就可能有所欠缺，甚至"将是愚昧和不文明的"。他举了自己在八岁时所记住的诗人涅克拉索夫的几行诗为例，它们出自《涅克拉索夫选集》："在我们这块低洼的沼泽地方，要不是总有人用网去捕，用绳索去套，各种野兽会比现在多五倍，兔子当然也一样，真让人心伤。"他说，过去了许多年——超过了半个世纪之后，这些诗句仍然没有失去当年迷人的魅力，它们仍然在不断地唤醒他的良知和爱心，像童年时一样。他小时候还读过一本文字优美的诗体小说《马扎依爷爷》，当他自己也成了一名作家后，他仍然要特地去看看当年马扎依爷爷搭救可怜的小兔子的地方。他举这些小例子只为了说明，一个人，只有从小热爱、珍惜和尊重自己祖国和世界最优秀的文学遗产——那些读也读不尽的好书——你的精神世界才会变得丰富、健全、美好和高尚。

本套丛书精选了适合少年儿童读者阅读和欣赏的作品。这些作品，或许可以视为一代代文学大师与幼小者们的心灵对话，是一棵棵参天大树对身边和脚下小花小草们的关注与祝福，是属于全人类的文学遗产中珍贵和美丽的一部分。从这些文学大师的形形色色的童年生活细节和独特的成长感受里，我们的小读者不仅可以获得启示，也可以得到文学的享受、美的熏陶。

自然，世界上的书是各种各样的，这是因为我们这个世界本身是丰富多彩的。欢乐的、悲哀的，真实的、魔幻的，崇高的、卑微的，美好的、丑恶的，等等，整个活生生的世界，都可能进入一本书中。也许正因为如此，我们才更加觉得书的神奇与伟大。我们从不同的书中，既可以看到我们所赖以生存的这个真实的世界，以及我们周围的真实的人、所发生的真实的事件，又可以看到那些来自于写书人头脑的虚构和幻想中的世界、人物和故事，如巨人和小矮人、恶毒的巫婆、善良的精灵、神秘的外星人、聪慧的魔法师、美丽的海妖、可怕的吸血鬼，等等。

美国女诗人艾米莉·狄金森写过这样几行诗：“没有任何大船，能像书本一样，载着我们远航；没有任何骏马，能像一页页奔腾的诗行，把我们带向远方。”是的，一本书可以超越最久远的时间和最辽阔的空间，让我们在任何时候和任何地方，都能够反复看到最古老的过去或最遥远的未来。书，帮助我们每一个人成长：从懵懂的小孩长成有美好的情感、有丰富的想象力、有智慧、有思想、有发明和创造力的巨人。我们期待，你现在所阅读的，就是这样一本对你的成长有所帮助的好书。

徐鲁

目录

独腿麻雀

〔日本〕椋鸠十

1

呱、呱、呱!

金色的杨柳花粉飘落了。带着金边眼镜的青蛙两手戳在泛紫色的土地上，从两三天前就唱起了报春的歌。

与院子相接的田地里盛开着一片金黄色的油菜花。随着几下啪啪的响声，油菜花像金色的粉尘，翩翩起舞。

这是一群受惊的麻雀一齐从油菜地里飞起来了。

这些麻雀都是我家的房客，因为它们都各自在我家的茅草屋檐下安了窝儿哩。

鸟窝儿有五个，全在朝南的房檐下。

我每天坐在桌前，都可以望见这些麻雀，以致后来我都能分辨出它们每一个是住在哪个缝隙里的房客了。

尤其是住在最西头的那只，我一眼就能认出来，因为它是一只独腿麻雀。它的那条腿八成是在小的时候被田鼠咬掉的吧。

麻雀的窝儿主要是用掉在马厩或是农家库房前的干草做成的。做法都一样，是从旁边进去。

然而，独腿麻雀具有与众不同的嗜好。它非常爱干净，收集了许多白色的羽毛铺在草上。

我家的鸡窝儿里除了白色的来航鸡外，还有褐色的油鸡、黑色的米诺卡鸡。可是，在独腿麻雀的窝儿里没有一根白色以外的羽毛。我觉得这足以证明：这只麻雀的确有自己独特的嗜好。

不过，这位独腿先生非常能干。别的麻雀的窝儿才做了不到一半，可它的窝儿已经竣工了。

我常常趁麻雀们不在的时候窥视它们的窝儿。而且，瞧着小房客们各自巧妙地从事自己力所能及的工作也是一种乐趣。

一天，我又和往常一样看了看独腿麻雀的窝儿。

“哈哈！”我不由得高兴地大叫起来。

只见窝儿的正当中,有一只可爱的小拇指大小的鸟蛋。

从缝隙中漏进来的一道阳光正落在鸟蛋上，被白羽毛裹着的鸟蛋闪着朦胧的金光。

“喂，喂！”

不知为什么，我竟觉得它像童话中出现的鸟蛋，似乎在向我打招呼。

2

第二天傍晚。

从独腿麻雀的窝儿里哧溜爬出一个黑乎乎的东西。这是一条长而细瘦的发黑的蛇，这地方把它叫作捉鸟蛇。

我一激灵，急忙找了根棍子跑过去，可是蛇早就没影了。

我登上梯子，往窝儿里一看，只见里面被弄得乱糟糟的，那个美丽的鸟蛋已经无影无踪了。

过了一会儿，独腿麻雀回来了。

它刚一钻进窝儿里就马上慌慌张张地飞了出来。

它飞到屋顶，没精打采地一条腿站在那里，偏着脑袋叽叽地叫着。这叫声十分凄凉。

明月当空。人们在月光下能看到一只麻雀在屋顶上没精打采地站立着。

我担心它这样会被猫头鹰捉去，便向它喊了两声："去！去！"可是它纹丝不动。真可怜！看来它是伤透了心。

第二天早上，我比平时早起，想去看那只独腿麻雀，可房顶上和前面的田地里都不见它的踪影。

那一整天，我都在留神寻找，最终还是没有看到它的影子。

"它到底还是被猫头鹰捉去了呀！"我不由得感到一阵寂寞。

3

“哎呀！”我不禁失声喊了起来。

从那以后的第三天早上。

一只麻雀衔着白羽毛从我家鸡窝儿里飞出去了，正是那只独腿麻雀。

我家隔壁的房子已经闲了将近半年了。独腿麻雀就在那所房子的澡堂的烟囱里做了个窝儿。一天十次，几十次地，忽而飞进鸡窝儿，忽而飞出，紧张地干着自己的工作。

每天早晨它都伫立在烟囱上，叽叽地鸣叫，似乎充满了新的希望。

在暴风中，在朝阳下，独腿麻雀伫立在烟囱顶上，昂首歌唱。听着它这样歌唱，是我每天的享受。

然而，一天傍晚，当我下班回来的时候，隔壁本来没人的空房子变得非常热闹。

噢！对了，对了。我昨天就听说隔壁要搬来一个学校的老师。是那位老师今天来了。

“隔了半年，我又有了邻居。”我自言自语地说着，便随意朝邻居家的房顶瞧了瞧。

呀！澡堂的烟囱呼呼地往外冒烟呢。邻居家刚刚点火烧洗澡水。

“哎呀！那烟囱里还有独腿麻雀的窝儿呢！”我刚这么想就听见叽叽叽一阵剧烈的悲鸣。麻雀被烟熏得从烟囱里飞了出来，然后，扑棱、扑棱地扇动着翅膀，直直地向高空飞去，不久便消失在紫红色的暮空中。

4

叽、叽、叽。这像两三天不见的独腿麻雀的声音。

我感到非常意外，便走到外边。只见从板窗槅和屋檐之间的缝隙中，一只麻雀探出圆溜溜的、可爱的小脑袋。果然是独腿麻雀！

“吓！你回来了！”我像对待朋友似的朝它扬手打了招呼，它吓得扑棱、扑棱地飞到鸡窝儿顶上去了。

我立刻架起梯子，窥视了一下那缝隙。

原来独腿麻雀又开始重新做窝儿了。

不懂得什么叫绝望的独腿麻雀！

它不停地干着，做好窝儿后，将窝儿铺满白色的羽毛。这回窝儿里它又下了三个美丽的鸟蛋。

那三个鸟蛋不久便变成了三只可爱的小麻雀。

早晨，天还没亮，独腿麻雀就开始为小麻雀们运来食物。小麻雀们使劲张大嘴，叽叽叽地吵嚷着向妈妈讨吃的。

那个有麻雀窝儿的板窗橘就在我的寝室旁边。

一天早上，我被麻雀的尖叫声吵醒。那叫声异乎寻常。我赶紧拉开风雨拉门，跑出去观望。

只见那只麻雀，那只独腿麻雀拼命地扇动着翅膀，向着一个东西扑去。

对方是条黑蛇。

就是那条曾经吞吃了鸟蛋的坏蛇，又在板窗橘上扬起镰刀形的头，想捕捉小麻雀。

这回它可不再是嗅到蛇的气味就吓得发抖的独腿麻雀了。它简直像团火，以猛烈的气势，将整个身子对准蛇的脑袋撞去。

蛇以闪电般的速度，抖动了一下镰刀形的头，咬了独腿麻雀。

麻雀的胸毛立刻散落下来，白花花的，但它毫不畏惧。它不给黑蛇一丝喘息的时间，一躲一扑，一扑一躲，向着这个强敌猛撞。每撞一次，胸毛都要被揪掉一点儿，它的胸几乎全部裸露了。

但是，独腿麻雀仍然继续战斗。

它毫不松懈地撞击着。

现在它已经累得一声都叫不出来了。

但它还是撞击着。

我再也看不下去了，找来一根木棒，想把蛇打掉。这时，蛇已经耷拉下了镰刀形的脑袋。

独腿麻雀抓住这个时机，向黑蛇狠狠地啄了最后一下。

凶恶的蛇看来也终于被这一啄击垮了，从板窗槅上吧嗒一声落下来，掉到了檐端，像一根木棍似的伸直了黑色的躯体。

走近一看，蛇的双眼完全被独腿麻雀的尖嘴啄瞎了。

叽、叽、叽。我们的独腿麻雀一条腿站立在板窗槅上，高唱着凯歌。

不一会儿，它大概意识到了三只小麻雀还没吃早饭，便跃起激战后疲惫的身体，径直向着金色的油菜地里飞去。

（流 璨　弘 玮／译）

椋鸠十（1905~1987），本名久保田彦穗，日本著名的儿童文学家。曾任鹿儿岛县立图书馆馆长、鹿儿岛女子短期大学教授等职。作品以少年为阅读对象的动物小说为主。是日本少年动物小说的开拓者。代表作有获日本文部大臣奖的《独耳大鹿》、获未明文学奖的《活在太空》、获产经儿童出版文化奖的《孤岛的野犬》。

金丝鸟和少女

〔日本〕山川方夫

有个小姑娘，长着大大的眼睛和棕色的头发，还有白皙的面庞。可是，她有个怪习惯，总是喜欢用那双大眼睛，一个劲儿直瞪瞪地瞅着对方。这是因为——说起来真是不幸，她天生又聋又哑。

这个城镇是个海港，是远洋渔船的一个基地。小姑娘就在这个城镇靠近海岸的一个小饭铺里干活儿。一只小小的金丝鸟是她唯一的小伙伴。小鸟夜晚栖息在饭铺的阁楼上，一个吊着的笼子里。小阁楼就是小姑娘的住处。

白天，金丝鸟总是安安静静地停在小姑娘的肩头，并且常常发出清脆嘹亮的叫声，好像是代替不会说话的小姑娘在说话。

春天里的一天，铺子里来了一个浑身散发着海水气味的小伙子。忽然，小姑娘肩头上的金丝鸟，一下子飞到了这个小伙子的肩上。小伙子和小姑娘目光相遇了，一瞬间，两个人同时笑了。

从那以后,小伙子几乎每天都要到这个小饭铺里来。有时，他还给金丝鸟带来一点儿食物。没多久，在迎接他的小姑娘的眼神里，开始出现了一种带着羞涩和喜悦的光彩。

那只除了小姑娘以外跟谁都不亲近的金丝鸟，就像是要帮助小姑娘表达自己的心思一样，不停地用翅膀摩挲着小伙子的面颊……不知不觉间，小姑娘深深地爱上小伙子了。可是,她只能用眼睛来表达自己的爱慕之情。

春天过去了。小伙子又要出发到遥远的海洋上去了。是啊，他能在陆地上生活的日子真是太短了。

在第二天早晨就要出港的前一天夜晚，小伙子一来到小饭铺，小姑娘就站到了他的面前，目不转睛地盯着他的眼睛。

“你可要回来呀！一定,一定！从那以后要跟我在一起！求求你啦！”小姑娘把满腔的爱慕之情，都用那双好像会说话的眼睛倾诉了出来。她请求着他：“拜托你，答应我！要回来啊！”

小伙子显得有些不知所措，但他还是含笑点了点头。他把小姑娘深情的目光，只是理解为是对他的祝福，祝福他一路平安呢。

“是真的？你是真的答应啦？”姑娘用眼睛说。

小伙子温和地拍了拍姑娘的肩头。她的两颊顿时变得绯红。

她拉起小伙子的手，像勾手指发誓那样，把两个人的小指勾在一起，还用力摇了摇。小伙子又对她点了点头。

她微微地闭上双眼，感觉非常幸福，似乎已经不需要用眼睛说话了。小姑娘坚信：他就是她，她就是他，他们两人已经融为一体了……

小小的金丝鸟在两人的肩上飞来飞去，用那美丽的声音不停地鸣叫，仿佛在为他们祝福一样。

可是，不幸的是，两个月后，小伙子的船在大海上遇到了大风暴。又过了大约十天，人们在离海岸很远的海面上发现了那条船的破碎的船体。从此以后，许多个夜晚，小姑娘都呆呆地站在大海边，凝望着大海。有时，她竟然一直站到天明。在她的肩头，总是站着那只金丝鸟。

“大海，是你把他夺走了！横亘在我与他之间的汹涌不息的大海啊，你把他给遮掩到哪里去了啊！”

在小姑娘面前，除了这大海，再没有可以和她倾心交谈的伙伴了！可是，大海只是向她诉说着她和小伙子之间的距离。

一天，小姑娘忽然想到：“不，他也许不是在大海的彼岸，而是溶化进大海里了。对呀！他一定是变成大海了。”

就在这时，大海忽然变成了那个小伙子，说道：“哎，我们拉钩的那天晚上，两个人就已经结成一体了，可为什么你一个人还站在那里呢？快！你也来吧！我们不是相约永远在一起的吗？”

大海微笑着，泛起了一片光辉，好像是温柔地等待着她、频频向她点头的那个小伙子的目光。

“好的，我来，我这就来。”小姑娘坚定地回答，“对

呀！我们要永远在一起，我们那时就是这样相约的啊。”

天亮了，小姑娘向大海里走去，金丝鸟忠实地追随着她。

第二天，人们发现，小姑娘和金丝鸟都完全消失在大海里了，沙滩上只留下一道浅浅的、伸进了大海的脚印。可是，不久，小伙子却平安地返回海港了！他是被一艘外国轮船上的人搭救起来的。小姑娘的死，使他感到有一些悲伤。不过，对于他来说，他对小姑娘的感情并没有像小姑娘对他的感情那样深。

季节也渐渐进入了秋天。

一天，小伙子来到了海边，正在沙滩上漫步。忽然，他看见了一个像是枯萎的黄菊似的东西，被海水冲上海滩。这正是金丝鸟的尸骸。

小伙子不由得跑上前去。这时，死了的金丝鸟竟像活着似的动了起来，好像是被远处海上的一根看不见的丝线牵动着一样，小鸟飞快地在水波上滑动，漂向了大海。

小伙子连忙追随而去。波涛高高溅起又落下，大海越发不宁静了。在这秋天的海面上，金丝鸟引导着小伙子，一步步向远海漂去。一个大浪落在他头上，海浪卷裹着使他摔倒，将他向大海深处拖去，直到再也看不见他的踪影了。最后，大海重新恢复了平静。

当人们凝望着渐渐被夜幕笼罩的海面时，一个搜寻者忽然叫了起来。他好像看到，在那夜色朦胧的海面上，有一双直瞪瞪地盯着海这边的眼睛，那无言的目光里充满了光辉。接着，站在海边的所有的人，透过拍岸轰鸣的浪涛，都听到了金丝鸟清脆的歌声。

（流 璨　弘 玮／译）

山川方夫（1930~1965），本名山川嘉巳，日本作家。日本画家山川秀峰的长子。出生于东京市下谷区。毕业于庆应义塾大学。1953 年开始文学创作，先后发表了大量的小说、散文和随笔，其作品多次获日本芥川奖提名。代表作有《那一年》《海岸公园》《亲近的朋友们》《护身符》《夏天的葬列》等。

斯凯的金质奖章

[日本] 松谷美代子

斯凯是全校有名的调皮蛋，连学习都不怎么愿意。突然有一天不知起了什么念头，他开始学习起来了。他的好朋友嘲笑他说：“怎么啦？斯凯，傻乎乎的，想成财迷呀？”

“嗯，”斯凯不好意思地笑着说，“其实我是想要那个金质奖章。”

“金质奖章？优等生才能得到的那东西？”朋友两眼瞪得圆溜溜地问，“什么？是那奖章呀，原来为了要那东西才拼命用功的呀！”朋友说着，做出一副轻蔑的样子。

“哎呀，你不知道，我有一个表哥，只比我高一个年级，他经常得金质奖章。姨妈到我家，老爱吹嘘。所以我妈对我说：‘斯凯呀，我也想看看那金质奖章呢。’于是我就向她保证：‘这学期就拿回来给你看。’”斯凯说着把头扭到一边。

考试终于又来了。成绩一公布，遗憾的是斯凯没能当上优等生。

他一边叹气，一边想：“倒霉，真不好意思回家。”但不回家能怎么办呢？斯凯只好乘上地下电车，因为他每天是乘地下电车上学的。

呜——地下电车开动了。斯凯感到没趣，就撇开大伙儿，独自走到电车的最前面，打开窗子，把头伸了出去。冷风呼呼地吹着。电车在耀眼的灯光照射下，穿行在漆黑的隧洞里。这可真带劲。铁路闪着银光拖着两条长长的尾巴。红、蓝、紫色的电灯梦一般地在远处闪烁。刚一看见它们，立刻就到了你的眼前，接着一下又被抛到后面去了。

这会儿，斯凯的心情渐渐地好起来了。他得意地吹起口哨，让风尽情地吹呀吹。

正当脸被吹得通红的时候，电车一下子停了。

“呀，坐过站可不得了，”斯凯想着，他立即跳了起来，“嗯，怎么不对呢？”

斯凯转过身来。“啊！”电车已无影无踪了。斯凯木呆呆地环视了一下四周。那边有一条长着嫩草的小路。银色的铁路线从竹林延伸出来，从斯凯身边穿过，又消失在另一片竹林里。铁路的两侧也是竹林。要说那竹子的颜色，绿莹莹，亮晶晶，着实很美。金色的阳光洒满整个竹林，让人眼花缭乱。

“真美啊！”斯凯发自内心地感叹道。

“这儿到底是什么地方呀，是在做梦吧。”斯凯瞪了瞪眼，捏了捏手。

“真不是做梦呢。”斯凯坐在一根倒下的树干上，望着竹林。

“啊……啊……”突然从竹林深处传来一阵既不像唱歌，也不像喊叫的声音。

斯凯忙站起来，向竹林走去。沿着羊肠小道穿过竹林，眼前是一片草原。原来竹林中还围着这么一片草原呀。在草原正中有一口井。一个女人正一边打水，一边唱歌。斯凯冒冒失失地走到她身边问道：“请问……”刚开口，那人就回过头，直盯着他。

“这儿是什么地方呀？”

“这儿吗？是乌鸦国。”

"啊？"斯凯吓了一跳，眼睛睁得大大的。

女人笑嘻嘻地直起身说道："我是乌鸦。"

的确，那声音是像乌鸦的声音，斯凯暗暗仔细地打量了一下她的脸：呈琥珀色，细长细长软乎乎的，嘴唇长得非常漂亮。她穿着打扮像历史教科书中的希腊人。女人见他吃惊地直盯着她转，不由得笑了起来，然后问道："你是学生吧，到这种地方来瞎转什么？"

"我、我可不是来瞎转的。是从学校回家。真怪呀，记得清清楚楚是坐在地下电车里的。"

斯凯睁大眼望着天空又环视了一下竹林。女人提起盛满水的坛子。

"多像希腊人呀！"斯凯想。

"请跟我来吧。"女人说着，慢慢地朝竹林里走去。

竹林渐渐变得稀稀拉拉的。他们来到悬崖边。悬崖下有些房子，屋顶离悬崖不到一米。女人毫不费劲地跳了下去，然后向斯凯招了招手。斯凯也跟着跳了下去。女人这时指着屋顶中央的台阶说："沿着这儿下吧。"

斯凯心里可害怕了，在那儿犹豫不定。

"害怕了吗？"女人问。

哪儿的话，斯凯硬着头皮连下了几级，心里又没准了。朝上一望，女人正默默地看着他呢。没办法，得下呀。斯凯现在已能隐隐约约看见下面的光了，还能闻到从下面散发出的舒心的香味。斯凯心一横，咚咚咚咚，沿着台阶冲了下去，走进紧挨着的一间房子。

真不可思议，屋子里坐了一大排人，还都是学校熟悉的面孔。

“斯凯，你又迟到了。”斯凯的女班主任老师说话了。

斯凯战战兢兢、笨手笨脚地走到最后一排，找了个位子坐了下来。老师开始尖声尖气地朗读课文。斯凯环视了一下四周，觉得好像别班的学生也夹杂在里面。学生个个都不遵守纪律。斯凯呼呼地敲了敲自己的脑袋。令他感到最奇怪的是整个房间呈粉红色，还闪着暖融融的光，同以前陈旧的天花板、坑坑洼洼的墙大不一样。

“你，你是乌鸦，还是人？”斯凯问旁边的一个学生道。

“我？当然是乌鸦喽。”

“的确，这家伙的声音倒是像乌鸦的声音。”斯凯想。

“那，你说我是乌鸦还是人？”

“你……你吗？”那小子看了看斯凯，然后摇了摇头说，“搞不清楚。”

“再好好给我看看吧。”斯凯可怜巴巴地央求道。

这时，当当当……铃声响了。老师啪的一声关上书，说：“下面，男同学学雕刻，女同学学插花。”

大家一起都站了起来，行了礼，一个接一个地走了出去。斯凯没法，也只好跟在后面。

隔壁房间从上到下全是雪白的，而且地板上还放有堆积如山的白粉末。担水女人把水送来了。男孩们脱掉外衣，卷起裤脚，嗨哟嗨哟地揉了起来。干这个斯凯再拿手不过了。

所以他也嗨哟嗨哟地揉起来了。不一会儿，那些白粉末就变成了人呀、树呀什么的，还有些甚至叫不出名字来。捏出的塑像栩栩如生，千姿百态。最后他们在最高处做了一只雪白的乌鸦，还把闪闪发光的钻石嵌在乌鸦的眼睛里。

“男同学停下！”

不知从何处传来一道命令。这时一直排在墙边的女孩们抱着大捆大捆的花束叽叽喳喳地跑上来，把花插进塑像之间的空隙处。那空隙处也做得着实精美。这下白房子里摆满了各式各样稀奇古怪的塑像和美丽的鲜花。斯凯直看得出了神。大家拉着手围着塑像边唱边跳。斯凯也随着他们唱了起来，可高兴啦。

突然，门砰的一声打开，老师进来了。她一进门就扯起嗓门大骂道：“你们多大了？还不干正经事。你们弄得一身白，想干什么呀？”

大家低着头，装着认错的样子看着自己。

“还不快到盥洗室去？”

“是！”

大家齐声答道，然后咚咚地跑了出去。等他们洗了手，拍掉自己衣服上的白灰回来时，校长及各位老师已经站在白房子里的雕塑前了。同学们个个也都装模作样地排好队。

“哼……哼……”校长故意低着头，清了清嗓子，然后向前跨了一步，瞧了瞧学生们的脸叫道，“现在，我以神圣白乌鸦王的名义……”

说到这儿，他转过身恭恭敬敬地朝大家做的白乌鸦像鞠了一躬，又掏出手绢儿擦了擦嘴，接着说：“进行本学期优等生奖品授予仪式。”

这时，教务主任走上前，打开一张大纸念道：“第一名，斯凯。”

斯凯一惊。

“斯凯，快去。”大家都捅着他喊道。

斯凯的脸红一阵白一阵的，他终于走了出去。校长打开放在白乌鸦像前面的盖有天鹅绒的箱子，恭恭敬敬地从里面拿出金质奖章，挂在斯凯的脖子上。

“第二名，索菲亚。”

斯凯的好朋友索菲亚也怯生生地走了出去。他经常得第一，所以他得名次并不奇怪。

“第三名……”

以后直到第十名都是其他班上的同学。

啊，得了第一名，斯凯高兴得心直跳。

优等生的名字念完之后，校长做了很长很长的发言，然后终于告辞了。

“回家喽，回家喽，穿过平原……”一回到粉红色的房子里大家就边唱边放书包。

一会儿，老师笑容满面地走了进来，格外亲热地向斯凯祝贺，并且说：“从明天起要放一星期的假，要好好注意身体哟。还有别吃坏了肚子，要听爸爸、妈妈的话，还要多做家务事。”

最后，老师对大家说：“我们要放一段时间的假了，一块儿走吧。”

老师在前带队，大家跟着来到走廊。斯凯也紧紧地跟在后面。穿过走廊，四周一下变得光亮了，清新的空气也迎面吹来，原来是到了宽阔的巴尔可尼草原。到了草原尽头，有一块笔直的木板架在草原上，就像游泳池的跳水台。斯凯再往下看，心里不禁害怕了。下面是一片美丽的村庄，看起来很小，就像从飞机上看下去似的。

没错，这巴尔可尼草原一定很高。

“喂，同学们，再见啦！”老师喊道。

“老师，再见！”同学们说完，就一个接一个地向木板走去。

斯凯吓得战战兢兢，心想：“这下怎么办呢？”

前边的同学在木板上自由自在地走着，当他们走到木板尽头都先后一个个地变成乌鸦，嘎嘎嘎地叫着飞走了。斯凯没了主意，要轮到他了，这可怎么办？他不停地往后退呀退，结果撞到索菲亚身上了。索菲亚见是斯凯，就说：“嗯，斯凯，咱们从台阶下怎么样？这对于咱乌鸦国来说，可是了不起的事哟。”

斯凯求之不得，紧紧抓住索菲亚的手说：“好好，太好了。”

索菲亚拉着斯凯的手，来到巴尔可尼草原的另一角。那台阶弯弯曲曲，陡得跟笔直的路差不多。

“斯凯，先下吧。”

没办法，斯凯只好鼓着眼，小心翼翼地往下爬。正下到二三十级台阶时，一不小心，斯凯挂在脖子上的金质奖章嵌到台阶缝儿里去了。

“斯凯，奖章、奖章！”索菲亚喊了起来。

斯凯慌忙把挂在脖子上的带子取下来，可手一松，金质奖章闪着金光掉了下去。

“喂，怎么啦，斯凯？飞起来去追还来得及，是笔直掉下去的，一定来得及，快，快飞呀。”

“可、可我不会飞。”

“为什么？”索菲亚在上面直盯着他。

“索菲亚，下面还有几百级台阶？”斯凯不由得缩起脑袋。

“连那都不知道，还得什么金质奖章！”索菲亚轻蔑地说道，然后一下变成一只乌鸦，嘎嘎地叫道，盘旋在斯凯的头顶上。但说的全是乌鸦话，斯凯一点儿也听不懂。

“嘎嘎嘎，嘎嘎嘎……”索菲亚乌鸦焦急地大叫几声之后，飞走了。

这下，只剩下斯凯一个人。他紧紧地抱住台阶，眼泪扑簌簌地掉了下来。

不知过了多久，斯凯终于到了地面。他精疲力竭，毫无目的地走啊走。当走到大街的拐角处，他一下跳了起来。原来他到了熟悉的街道了。

“回家喽，回家喽。”斯凯苦笑着飞快地跑回了家。

假期终于结束了。斯凯一到学校，就忙把发生的事讲给大伙儿听。

“我可不是乌鸦。”索菲亚笑着说。

男孩们都说：“一定是个梦吧。”

“可，那的确是真的呀。”斯凯辩解道。然后，他挎上书包，出了教室门。离门不远，是一排很宽很缓的台阶。正当大家排着队走到台阶中央时，天空响起嘎嘎嘎的叫声。大家都抬起头来。只见有十只乌鸦飞了过来，它们整齐地停落在白色台阶上，浑身黑黝黝、亮晶晶，非常漂亮。

站在最前面的一只把衔在嘴里的金光闪闪的东西放在地上，然后望着斯凯嘎嘎嘎直叫。

“啊，那不是索菲亚吗？”斯凯大声叫了起来。

那乌鸦展开翅膀又飞走了，留下的金质奖章在闪闪发光。

这下，斯凯从乌鸦国得金质奖章的故事就讲完了。斯凯对我说，他还想再去一次乌鸦国呢。

（唐 立／译）

松谷美代子（1926~2015），日本儿童文学作家。出生于东京。毕业于东洋高等女子学校。尊坪田让治为师。一生著有绘本、散文、小说、诗集等大量作品。作品语言细腻、温情，内容充满了爱与智慧。代表作有《小桃》、荣获第一届日本儿童文学协会新秀奖的《变为贝壳的孩子》及荣获日本产经儿童出版文化奖、国际安徒生奖优秀奖的《龙子太郎》等。

花木村和盗贼们

〔日本〕新美南吉

1

从前，有五个盗贼来到了花木村。

那是初夏的一天，无边的晴空下，嫩竹刚长出尖细的绿芽，松蝉在林中吱吱地鸣叫，五个盗贼从北方沿着小河走来。

花木村的村头是一片长着山楂树和苜蓿草的绿野，一群放牛的孩子正在这里玩耍。草丛中有一条潺潺流淌的小河，一直流到村里。一架水车咕噜咕噜地转动着。看到这番动人的景象，盗贼们不禁喜上心头，他们断定这个安定富足的村子里，肯定有不少有钱的人家。

盗贼们钻进草丛里。年龄最大的盗贼头子说：“我在这儿等着，你们几个到村里去转一下。你们刚刚跟我学偷盗，不要糊里糊涂，要好好留意那些有钱人家的窗户是不是结实，院里有没有狗，要调查清楚。好了，都去吧！我是前辈，在这儿抽袋烟等你们回来。”

盗贼头儿把徒弟们打发走以后，一屁股坐在河边的草地上，板着脸吧嗒吧嗒地抽起烟来。他是一个放火、偷窃、无恶不作的真正的盗贼。

“直到昨天，我还是单干的盗贼，今天，第一次成为盗贼的头儿。”盗贼头儿自言自语，“看来，当头儿实在不错，事情让徒弟们干，我在这儿躺着就行了。”

一会儿，徒弟釜右卫门回来了。直到昨天，他还是一个走街串巷的锅匠，专门修造铁锅和茶炉子。

“头儿，头儿！”釜右卫门不停地喊道。

盗贼头儿从菜花地里忽地一下站了起来：“臭小子，吓了我一跳……村里怎么样？”

“太好了，头儿，有了！有了！有一家大户人家，他家有一口能煮三斗米的大锅，值大价钱呢！院里还有一口大钟，要是砸碎了，起码能做五十个茶炉。怎么，你以为我撒谎？”

“混蛋透顶！”盗贼头儿呵斥道，“你小子三句话不离本行，哪有只去看饭锅和吊钟的贼？喂，你拎那口破锅干什么？”

“这是我路过一家门口时，看它挂在桧树篱笆上，锅底有个窟窿。我忘了自己是贼，告诉那家媳妇，拿二十元钱就能给她修好。”

“真是个糊涂虫，你根本就没把我们这行买卖装进脑子里！”

盗贼头儿就这样把徒弟教训了一顿，然后命令道：“你再到村里转转，好好看一看！”

釜右卫门提着那只破锅，返回村去。

这时，徒弟海老之丞回来了。直到昨天，他还是一个锁匠，专门给大家修锁。

“头儿，这个村子不行啊！”海老之丞有气无力地说，“无论是仓库还是门上挂的锁都不像个样子，连小孩都能把它们扭开。照此看来，我们的买卖恐怕没希望了。”

“那我们做什么买卖？”

“嘿，修锁呀！”

“你小子也本性难改！就是这样的村子我们的买卖才

好干。门锁越不结实，我们下手岂不是越方便吗？糊涂虫，再去一趟看看！”

接着回来的是少年角兵卫。他是从越户地区来的耍狮子的艺人。直到昨天，他还靠在人家门外表演倒立或翻筋斗，赚钱糊口。

角兵卫边吹笛子边走。盗贼头儿在草丛深处还没看到他的影，就知道他回来了。

“你怎么总是吱吱地吹笛子？当盗贼是应该尽量不出声的。”盗贼头儿责备说，“你小子看到什么了？”

“我顺着河往前走，看到一所小房子，满院子菖蒲花。房檐下有一个须发眉毛全白的老头儿。”

“嗯，那老头儿装钱的小罐子很可能藏在房子石台的下面。”盗贼头儿判断说。

“那老爷子正吹着笛子。那笛子虽然简陋，声音却好听极了。那美妙的笛声，我还是头一次听到呢！老爷子看到我爱听，便笑眯眯地连吹了三支长曲子。作为答谢，我给老人家连续翻了七个筋斗。”

“你真啰唆！”盗贼头儿不耐烦地说，“那后来呢？”

“我跟他说那笛子真好。老爷子指给我看一片竹林子，说这笛子就是用那地方的竹子做的。我到那地方一看，嗬！数百条竹子发出沙沙的响声……”

“从前听说竹子里出现过金子的光亮。怎么样，你看到什么没有？”

“我顺着河往下走，看到一座小尼姑庙，庙里站满了人，正在举行浇花庙会。人们往小小的释迦牟尼佛像上倒甘茶水。我也倒了一杯，又喝了一杯。要是有茶碗，我会给你也捎来一杯的。”

“唠唠叨叨的，真是无用。在那样乱哄哄的人群里，应好好瞅瞅别人的衣兜。笨猪崽子，你也再去一趟！”

最后回来的是鲍太郎。他是从江户地区来的木匠的儿子。直到昨天，他还在巡视寺院和神社的门窗，一心想学习木匠的手艺。

“你这小子，大概也没看见什么正经东西吧？”

“不，我看到财主了，财主……”鲍太郎激动地说。

听到“财主”二字，盗贼头儿立刻露出笑脸：“哦，财主？”

“财主，财主！是很阔气的财主！”

“嗯！”

“进到客厅，我往天花板一看，是日本九州杉木做的。我家的老父亲要是看到这个，不知该有多高兴。我简直看直眼了……”

说到这儿，鲍太郎猛然想起自己是盗贼，身为盗贼，怎能说这些没出息的话。他不禁惭愧地低下了头，不等头儿吩咐，便转身又回去了。

“啰唆！啰唆！”只剩下盗贼头儿一个人了，他老脸朝天，仰身躺在草丛里，自言自语道，“当盗贼的头儿也不是个轻松的事呀！”

2

忽然，“小偷！小偷！小偷！快抓起来！”一大群孩子互相喊叫着跑过来。

盗贼头儿猛地站起身，一时竟不知如何是好。虽说明知是孩子们在喊叫，但他做贼心虚，不免心惊肉跳。是跳进河里逃到对岸，还是钻进草窝里藏起来呢？

孩子们轮着玩绳子，一会儿又像一阵风似的跑过去了。

“怎么回事？是小孩子闹着玩儿！”盗贼头儿松了口气，“虽然是玩儿，但抓盗贼的游戏，可不是什么好游戏。哎，现在的孩子，不干正经事。”

盗贼头儿正自言自语地抱怨着，忽听背后有人喊：“伯伯！”回头一看，一个七岁左右的可爱的小男孩牵着牛犊站在面前。看他那白嫩嫩的脸蛋和干干净净的手脚，绝不是个普通人家的孩子，可能是哪家财主的孩子跟伙计到野外来玩的。奇怪的是，这孩子像出远门一样，一双小脚上穿着新的小草鞋。

“伯伯，这牛请您先给我牵一会儿……”说着，他把红牵绳塞到盗贼头儿手里。盗贼头儿动动嘴唇，正想说点儿什么，小男孩已去追赶那些远去的孩子们，头也不回地跑了。

盗贼头儿手里牵着绳子，眼睛望着牛犊，扑哧一声笑了。牛犊通常是乱蹦乱跳，难以对付的，可是这个牛犊却出奇地老实，它眨巴着湿润的大眼睛，站在盗贼头儿身边。

“哧哧！”盗贼头儿的笑声一个劲儿地从肚子里往外顶，“啊，真好笑！眼泪都笑出来了……”

可是，盗贼头儿的眼泪却流个不停。

“我这是怎么了？怎么像是哭了一样。”

是的，盗贼头儿确实哭了，但这是快乐的缘故。多年来，他一直被人冷眼相看。走到街上，人们都离他远远的，把门窗关得紧紧的。他想与人打声招呼，人们也会突然收起笑脸，把头转向另一边。就连江湖艺人耍的猴子也不肯搭理他，把他好意送的柿子扔在地上。今天，这个穿草鞋的孩子，却把他当作好人，要他照看牛犊，而且连这牛犊也不嫌恶他，把他当作母牛似的亲近。作为盗贼，他还是第一次被别人如此看待！能被别人信任，真是一件令人高兴的事呀！

现在，盗贼头儿觉得自己善良的心似乎复苏了。童年时代，他也有过美好善良的童心。可是后来，他的心变坏了。今天，他终于又见到了久别的善良和信任。这就好像每天穿惯了脏衣服，今天突然换上庆典仪式上的盛装，感到幸福极了！

顷刻间，天色已晚。松蝉也不鸣叫了，村中升起的白色炊烟向野外飘来。孩子们的嬉戏声也渐渐模糊不清了。盗贼头儿想：“那男孩该回来了。”可是，直到孩子们的声音完全消逝后，仍然不见穿草鞋的小男孩回来。

一轮圆月升起，像一面明亮的镜子照耀着大地。远处的森林，不时传来猫头鹰的叫声。

牛犊向盗贼头儿身边蹭来。“莫非是饿了？但是，真没法子，我身上又挤不出奶来呀！”他抚摩着牛犊带有花斑的后背，流下了眼泪。

3

这时，四个徒弟一起回来了。

“头儿，我回来了！哎呀，牛犊！哈哈，我们的头儿真有两手，就这么一会儿工夫，已经做成一笔买卖了！”釜右卫门盯着牛犊，惊喜地嚷道。

头儿怕徒弟们看到他的泪水，忙把脸转到一边。

“哎呀，头儿！你怎么流泪了？”海老之丞问。

“这个……眼泪这东西，流起来就没完……”盗贼头儿说着，用袖子擦了擦眼睛。

“听好吧，头儿！我们四个人这次可是用盗贼的眼睛看准了。釜右卫门发现五家有金茶锅。海老之丞看好了五家仓库的锁，用根弯钉就能打开。我这个木匠，也摸清五家房后的板壁很容易锯开。角兵卫也不孬，发现五家的围墙，穿高底木头鞋就能跳进去。头儿，这回该表扬我们了吧？”

鲍太郎神气十足地说着，不料盗贼头儿却答非所问：“这牛犊是一个孩子要我替他照看的，可是到现在他还没来领。你们出去看看，能不能把那孩子找回来。”

“头儿，你要把牛犊送回去？”釜右卫门有些纳闷。

“对，是这么回事！”

“盗贼也干这种事情吗？”

“那是有缘由的，无论如何也得送还。”

“头儿，别忘了我们盗贼的本性啊！”鲍太郎说。

盗贼头儿苦笑着把事情的原委讲了一番。徒弟们终于领会了他的意思，同意去找那个孩子。他们边走边默念着：“穿草鞋的、可爱的、七岁左右的男孩。”

在月色笼罩的村子里，影影绰绰可以看见野蔷薇和山楂树的白花，五个盗贼牵着一头牛犊走着。他们走过路旁的佛堂，走过柿子树下的库房，到处打听、寻找着。村民有的点上手提灯，仔细照了照牛犊，都说从未见过。

“头儿，深更半夜了，还这样找下去，恐怕是没有用了，拉倒吧！”锁匠海老之丞疲倦地坐到路旁的石头上说。

“不，无论如何也得找，非还给那个孩子不可！”盗贼头儿说。

“没办法了，除非是到村公务员那儿去问问。可是头儿，你决不会到那里去吧？”釜右卫门说。按现在的说法，村公务员就是驻在该村的保安人员。

“嗯，是吗？”盗贼头儿沉思了一会儿，抚摩着牛犊的头说，“好，就去那儿吧！”徒弟们很吃惊，但也只好跟在后面。

打听到村公务员家，盗贼们发现，公务员是一位戴眼镜的老人，他那副老花镜都快要从鼻梁上掉下来了。几个徒弟这才放心了。心想：“照这样看，如果出什么问题，把老头推倒撒腿就跑，也来得及。”

盗贼头儿说明了来意后，老人把五个人的脸都打量了一番。

“你们五个人我怎么从未见过呢？是从哪儿来的呀？”老人问，“是不是盗贼？”

“不，怎么能说些没影的话！我们是走江湖的手艺人，造锅匠、木匠和修锁匠……”盗贼头儿慌忙回答。

“嗯，你们不是盗贼！盗贼是不会送还东西的！实在对不起了，你们一片好心把牛犊送到这儿来，我还说些怪话。真是当官差当惯了，养成了怀疑人的毛病，只要看到生疏的人，就怀疑他是不是骗子、掏包的。好吧，千万不要见怪！”

老人解释了一番，再次向他们道歉，把牛犊收下，叫仆人把它送到仓库那边去。

“走江湖都累了吧？我刚才从西边的公馆太郎先生那儿弄来一瓶好酒，本想在房檐下赏月时喝，你们来了正好，咱们一起喝，交个朋友怎样？”这位心善的老人说着，把五个盗贼领到房檐下的走廊上。

夜色中，五个盗贼和公务员一起开怀畅饮，就像有十多年交情的老朋友那样有说有笑。忽然，盗贼头儿鼻子一酸，眼睛又湿润了。

看到这情景，老人说：“我看你是爱哭的能手。我可是爱笑的人，看到有人哭，就格外想笑，你可不要见怪！”说着，他张嘴笑起来。

“唉！眼泪实在是止不住地往外流啊！”盗贼头儿眨巴着眼睛说。

最后，五个盗贼起身向老人道谢一番，告辞了。走到路旁的柿子树下，盗贼头儿好像又想起什么似的停住了脚。

鲍太郎问：“头儿，你忘了什么东西吗？”

“嗯！忘东西了，你们和我一起再回去一趟。”说完，他领着徒弟又回到公务员家。

“老先生！”盗贼头儿手扶着房檐下面的台子说。

老人笑着问：“怎么啦？显出一脸难过的样子，要把爱哭的秘密告诉我吗？哈哈……”

“老先生，我不能不跟您说实话，我们这些人都是盗贼。”

老人听了这话，吃惊地瞪大了眼睛。

“老先生，您惊讶是有道理的。我本来不想把实情告诉您，可是您老人家是好心人，看到您把我们当正派人看待，我就没法欺骗您老人家了。”

盗贼头儿把自己过去干的坏事全坦白了，最后请求说：“他们四人是昨天刚刚入伙成为我的徒弟的，还没做什么坏事，请您大发慈悲，饶恕他们吧！”

第二天早晨，锅匠、锁匠、木匠和小艺人都离开花木村，各奔他乡了。四个人低头走着，想着头儿这次的所作所为，认为头儿确实是一个好人。他们想起头儿在分手时说的话：“以后绝不能当盗贼了！”

“这句话一定得遵守到底啊！”角兵卫从河边草地上捡起笛子，呜呜地吹着走了。

（刘文刚／译）

新美南吉（1913~1943），日本儿童文学作家，与作家小川未明、宫泽贤治齐名，有“北宫泽、南新美”之誉。出生于日本爱知县，毕业于东京外国语学校。其童话语言优美、情节曲折、寓意丰富，尤擅长以儿童的心理进行创作，被誉为“日本的安徒生”。多篇作品被选入中小学课本。代表作有《去年的树》《小狐狸买手套》《花木村和盗贼们》《小狐狸阿权》等。

书桌里的秘密

〔日本〕河野贵子

1. 渴望书桌

“嗯，我都四年级了，不好好读书不行啦。”

“是啊，要好好用功才行。”

“可是，和元太郎合用一张书桌……不太方便。”

“你不要这么想，和弟弟要友好、别吵架。”

“如果我能有一张独用的书桌的话……”

放春假的时候，我对爸爸暗示我想要一张书桌，可爸爸好像完全没有放在心里。

当我收拾抽屉，准备开学用的新本子、新铅笔时，将夹在元太郎书中的学习杂志从书架上拿出来时，渴望获得一张我独自使用的书桌的念头就格外强烈起来。

开学不久，我终于又鼓起勇气，向爸爸提出要求：“爸爸，我想有一张自己的书桌。”

“噢，让我考虑考虑。”爸爸爽快地点点头。

哇！早知如此，真该早点儿说才好！我高兴得心怦怦直跳，双手紧紧抱在胸前。

我有一个毛病，碰到什么事就会习惯地两手交叉捂在胸前，好让自己放松一下。

是明天就买，还是等到这个星期天去买？我独自想着，情不自禁直想笑。

从这天起，书桌占据了我的整个头脑。

有了独用的书桌，学习成绩一定会好起来，若能在班里得个第一名……不用说，同学们都会对我另眼相看，老师也会赞赏我，我就会成为全校瞩目的中心了！同学们会像对待公主那样包围我……

美丽的幻想在我脑海里无边无际地飞翔。

等有了书桌，桌面上要放瓶可爱的小花；图画纸、绘图用具什么的，就放在大抽屉里；本子、铅笔盒嘛，放在最上面的小抽屉里好了；工作用的小文具放在中间抽屉里；下面的大抽屉嘛，则是放心爱“宝物”的地方。

景泰蓝的挂件、玻璃珠子制的戒指、耳环，镰仓雕刻的小手镜、西阵编制的钱包、千代纸做的小盒、仿造洋娃娃的土铃、玻璃制的精巧动物、镶花饰的书签，等等，还有那洗得发白、边上已绽线的手绢。

那绣着淡紫色小花的白手绢隐藏着我最珍贵的记忆。

搬进现在的公寓，是两年前的事了。搬家前，我整理着自己的玩具箱。

茶色的玩具箱里，塞满了从我儿时起的各种玩具。有破损的，有舍不得扔掉的，它们都一一挤在那儿。

为什么要搬家呢？我不情愿地数着需要扔掉的玩具：掉了一只手的洋娃娃、不全的厨房小餐具、奶瓶，等等，我悲哀地将它们从玩具堆中拣了出来。

一周前，奶奶忽然对我说："麻树，你们很快就要和奶奶分开，搬到其他地方去住了。"

至于为什么要搬家，不论是奶奶、爷爷，还是爸爸和现在的新妈妈，都没有告诉我。尽管如此，我心里依然隐隐感到，搬家不是件令人愉快的事。

一想到"小孩子，要听大人的话！就算我不愿意搬家，又能怎样？……"我使劲吸了吸鼻子，哗啦一下赌气地将玩具搅乱。

这小红包，还要不要呢？我拿不定主意，小小的红色尼龙包，静静地躺在我的手掌上。

到底是扔了还是留下不扔？我犹豫不定地打开了小包，原以为里边一定是空的，却意外地看到里面放着一块揉成一团的手绢。

咦——我愣了一下，展开了手绢：这是一块白色的手绢，四角上绣着淡紫色的小花，手绢上星星点点染上不少土色的脏迹。

我反复看着手绢，三岁时候的往事渐渐浮现在脑海里：那一天，是圣诞节。

“麻树，妈妈住了一年医院，今天要出院了，走，我们到大学医院接妈妈去。”

“哇——万岁！万岁！妈妈要回来了！”

我带上前一天晚上圣诞老人给的礼物小红包，高高兴兴坐进爸爸开的汽车里。

汽车在街上奔驰着。到处可见装扮得五颜六色的圣诞树，商店门前亮闪闪的彩色灯泡，街道两旁高高挂着的金色银色的飘带。整座城市被打扮得光彩夺目。

圣诞歌曲《铃儿响叮当》优美动听的旋律响彻云霄，更增添了我即将见到妈妈的欢乐：

叮叮当，叮叮当，铃儿响叮当，
妈妈——我的妈妈
我这就要
去见你，哈——
叮叮当，叮叮当，铃儿响叮当
……

哼着自己编的歌，我在座位上按着节拍屁股扭个不停。

当我和爸爸到达大学医院的时候，妈妈已经收拾好东西正在等我们。

我撞开病房门，一下子冲了进去："妈妈——"

妈妈穿着一件碎白点花纹的和服，坐在床沿冲我微笑着。

妈妈的笑声有气无力，脸上没有丝毫血色，如同蜡一样，两颊瘪了进去，深陷的眼睛发出一丝幽幽的光亮。

我蓦地仿佛见到的是另外一个人，一下子停下了脚步。

妈妈抬起两手招呼我过去，她那从和服袖口露出的手腕细得令人吃惊。我不由挽起自己衣服的袖子，伸手与妈妈的手腕比较起来："妈妈，你的手腕和我的一样细呵。"

听到我的话后，妈妈那奇怪的笑容，爸爸那古怪的表情，至今都印在我的脑海里。

我和妈妈坐在接待室里等爸爸办理出院手续。房间里的暖气热得让人受不了。

妈妈买来了冰冻可乐，随手想将罐钮拉开，但是，她怎样使劲也拉不开罐盖。

妈妈大口喘着气，不好意思地望着我："妈妈现在一点儿力气都没有了，很奇怪是不是，麻树？"

"给我，我来开。"我伸手从妈妈手中接过可乐，抓住已经微微有些松动的盖钮，用力一拉，噗的一声打开了，由于用力过猛，抓住可乐罐的手猛地一晃，可乐洒了我一身。

"哎哟！"

妈妈忙从和服袖中抽出手绢，上下替我擦拭。手绢

湿透了，无法放回衣袖中，妈妈只好用手将它拧干。

“妈妈，手绢放我的小红包里吧，瞧，圣诞老人给我的，很好看吧？”我得意地举起小红包让妈妈看。

这块脏手绢放进小红包后，我就将它忘了。

正月过去没几天，妈妈就死了。

我一直都以为妈妈的病已经治好了，正在恢复健康，可是，妈妈忽然从我面前消失了，没有留给我和弟弟元太郎任何遗物。

五年过去了。正当我要和现在这个家，这个留有妈妈影子的家告别的时候，却忽然出现了这块妈妈的手绢，仿佛这是上帝将它作为妈妈的遗物特意赐给我的。

望着手绢，妈妈枯瘦的手腕猛地出现在眼前，我紧紧握着手绢，肩膀颤动，终于抽泣起来。

我烦乱地拨弄着玩具，碰撞声中夹杂着我吸鼻涕的声音。

装有手绢的小红包，被小心地放入留下的玩具堆中。

手绢和小红包，现在都在我的小百宝箱里。

爸爸，当然还有现在的妈妈、元太郎，都不知道这个秘密。

我想好了，只要一有了自己的书桌，首先，就是将手绢放入抽屉。

然而，许多天过去了，爸爸却闭口不谈书桌的事。

每次见到爸爸，我都用催促的眼光看他，他却没有任何反应。

爸爸确实说过他会考虑考虑的话，难道那只是考虑而不是真心去买？买书桌这事，难道没有希望了？

偶尔爸爸下班回家较早的时候，我都想开口问他："书桌的事怎么样了？"

但是，一见到爸爸那紧锁着的双眉，我到了嗓子眼的话便又缩了回去。

爸爸也许工作忙、太累了，这时若催得紧了，万一惹得爸爸不高兴，那本来会买的书桌说不定就不买了。

爸爸是公司里的职员，平时在家总是绷着脸一言不发。以前，我们和爷爷、奶奶一块儿住的时候，爸爸可是个爱说话的人呀。然而，自从搬到现在这个公寓来住之后，爸爸似乎就不爱说话了。

已经过去三个星期天了。

我不是那种死死缠着大人不放的女孩，很快，我也就想开了。

这么小的屋子，若再放入一张书桌，那走路的地方都要没有了。算了，没有就没有吧。

我干脆断了要书桌的念头。但是，没想到刚刚断念，书桌的事情又被提了出来。

那是临近五月黄金周[1]连休的一天晚上，爸爸慢腾腾地跨进屋里说道："麻树，你不是说过想要一张书桌？"

"嗯，是的，可是，这屋里很窄，大概放不下吧？"

"哪儿的话，放一张桌子足够了。是这么回事，爸爸学生时代用过的书桌还在哩。"

"在哪儿？"

"在爷爷家。"

爷爷！许久没有听到这称呼了！

还有奶奶，不知他们怎样了？哎，多么想见见他们啊！自从两年前搬到这公寓来住之后，平时，家中从不谈爷爷、奶奶的事。不，似乎是有心不谈的。

"那——？"我的心扑通扑通跳着，不安地望着爸爸

[1] 日本每年四月末至五月初，连休一星期左右，故被称作"黄金周"。——译者注

的嘴唇，等着他继续往下说。

“嗯，最近奶奶和我谈过了。到了连休日，你带着元太郎去爷爷家好不好？可以住一个晚上，顺便看看书桌。如果满意的话，就把书桌搬过来，怎么样？”

“真的？您说的都是真的？哇，太棒了！太棒了！”我扑向爸爸连连问道。

书桌固然使我高兴，但更让我高兴的是可以见到爷爷、奶奶了！

我欢天喜地搂着爸爸，爸爸脸上也绽着笑容，大大的手在我背上轻轻拍着，如哄幼儿般喃喃道：“好，好。”

2. 去爷爷家

黄金周到来了。

终于，我和元太郎第二天就可以去爷爷家了。而且，还要住一晚呢！我兴奋得简直想手舞足蹈。

由于要去爷爷家，我把后面两天的功课拿出来提前先做。

元太郎在床上午睡。

刚上一年级的元太郎，似乎对学校生活还不习惯，每天都很紧张，他看上去累极了。不管是白天、晚上，他总是早早上床，倒头就睡。

我很难将注意力集中在功课上，我拼命抑制自己兴奋的情绪，不断对自己说："一定要提前做完！一定要提前做完！"但是，眼睛尽管看着教科书，脑袋里却在想着第二天外出的准备是否都弄好了。

手绢、手纸、装有十枚百元硬币的小钱包、记事本、藤编的手提篮、黄色的凉鞋，另外，还有今春妈妈给我做的出客时穿的连衣裙……这一切，都整整齐齐地全收拾好了。

噢，去爷爷家的路线可不能忘记了：先从三号月台上车，在第五站下车；然后，去东口广场六路车站上汽车，在第六个站头下车；接着，立即过天桥，向右拐……我又一次在脑海里重复妈妈再三告诉我的路线。

没问题，牢牢记住了。但是，今晚睡着之后，会不会忘记呢？

一丝不安涌上心头。

我抬起强制坐在那儿的屁股，向正在厨房忙着的妈妈喊道："妈妈。"

"啊？功课都做完了？"

"还没有呢。你刚才告诉我的去爷爷家的路线，能不能画一张线路图？"

"线路图？没有它你也应该记住。"妈妈很不耐烦，语气冷冰冰的，一点儿笑意也没有。

"但是，万一明天早上起来忘记了……"我稍稍提高了嗓门。

"线路图什么的，我看不需要。"说完妈妈沉着脸不高兴地走了。冷淡的语气同平时亲切的神态判若两人。

我带着不满走到正在看报纸的爸爸身边："爸爸，替我画张线路图吧。"

"嗯？什么线路图？"

"去爷爷家的。明天，途中万一忘记了路线，有了线路图就安心了。"

"啊，不错，让你妈给你画吧。"

"可妈妈说不需要线路图。"

爸爸似乎有点儿生气："麻树，爸爸给你画。"说着，将报纸噗地放下。

“下了汽车之后，马上就过天桥，然后，是这条小路……知道吗？”爸爸将报纸摊在餐桌上，故意大着嗓门说话。

妈妈没听见似的，在那儿忙着摆弄锅碗瓢盆。虽然讲不清楚，但我总觉得爸爸、妈妈说话都带着刺儿。

我好像对妈妈做了亏心事一般，心里很惭愧，只希望快点儿画完线路图，从这儿逃走。

我心神不安地听着爸爸解释：“嗯，为了预防万一，我还特意写上了爷爷家的电话号码，万一迷了路，就打这个号码。明白了吗？”

“明白了，谢谢爸爸。”我急忙溜回房里，两手托腮坐在书本面前。

不一会儿，响起了爸爸、妈妈的声音，两人都压低了嗓门，听不太清楚，但显然是在吵架。

是因为我吧？！

一个晴朗的早晨。

我和元太郎精神饱满地离开家。我紧握着爸爸画的线路图乘上电车。

我和元太郎是头一次独自外出，元太郎装出一副严肃的样子，但看得出，他很紧张，几乎不说话。我也沉默着，静听车轮发出的声响……不由想起了和爷爷、奶奶分手时的情景——

那时，我刚上小学两年级。那一天，夹带着樱花花瓣的微风不断轻柔地吹拂着。

我和奶奶牵着小狗露米，到附近的公园去散步。

我和奶奶并肩坐在一把向阳的长椅上，花瓣纷纷扬扬飘落到脚下，渐渐地，地上仿佛铺上了一张白色的大席子，我和奶奶静悄悄地望着脚下。

奶奶拿下眼镜，揉揉眼睛，眼睛发着淡红色的光彩。

奶奶哭了……

虽然我不明白是怎么回事，但感到胸口堵得慌。

奶奶擦去眼泪，长叹一声："麻树，你很快就要离开奶奶，搬到其他地方去住了。和爸爸、妈妈、元太郎一起搬走……"

我张大眼睛看着奶奶，丝毫不明白她在说些什么。尽管如此，我的喉咙却不知怎的发出一声呜咽，眼泪顺着脸颊滚落下来。

我身子抽动着，无声地流着泪。露米瞪着黑黑的眼睛望着我，满不在乎地打着嗝。

奶奶抚摸着我的头，泪眼模糊："你是个好孩子，要乖乖听爸爸、妈妈的话。元太郎还小，你要多照料点儿他。你已上两年级了，应该坚强些，不然的话……"

不然的话，会怎样呢？难道真的要离开好不容易才熟悉起来的学校？真的要离开班上的朋友们、老师们？邻居金吾君那洗不干净的脸，佐八子那哭泣的脸蛋，一时间全涌上心田。我眨着湿润的睫毛，心中沉沉地想着。

我强忍住泪水，颤抖地问道："我一个人留在奶奶身边不行吗？"

"不行啊，孩子要和父母待在一起。"

"但是，我想和奶奶在一起……"

奶奶的眼泪又流了下来。

我亲生母亲病死的时候，我还不到四岁，元太郎才一岁半。

在新妈妈进门以前，是奶奶照料我和元太郎的，从给元太郎换尿布，到每天接送我去幼儿园，奶奶简直就像是我们的妈妈一样。

为什么非要和这样的奶奶分开不可呢？

“我，反正我想留下来……为什么要搬家呢？”

“哎，你现在还不懂，以后长大了，就会明白的。”

奶奶不再说什么。她佝偻着背，双目失神地盯着被风吹得七零八落的樱花花瓣。

不管明不明白，奶奶既然不讲清楚，我也就不好再说下去，待会儿问妈妈去。

于是，我也默默地凝视起在空中飞舞的花瓣。

回到家，我偷偷观察妈妈，只见她和平时一样正在忙晚饭，似乎没有什么变化。

妈妈歪着头在砧板上切黄瓜，围裙下露出一双并在一起的修长的腿。与裙子同色的湖色发带随随便便将头发束在脑后，发带随着菜刀发出的咚咚声而晃动。

妈妈只顾埋头切黄瓜，似乎脑袋里除了黄瓜什么也没有，一点儿看不出有搬家这样重大的事情。

我悄悄看着妈妈的背影，妈妈的背影好漂亮啊。渐渐地，我的心平静不少，犹豫着是否要问妈妈关于搬家的事，我开始怀疑奶奶说的话是否能当真。

现在的妈妈，是我幼儿园时的老师。幼儿园毕业的那一天，爸爸说：“我想让幼儿园的澄子老师，做你和元太郎的妈妈，好吗？”

我高兴得直跳，澄子老师一直对我很好。

那时，我刚升幼儿园大班。一个秋天的星期天，爸爸意外地驾车带我和元太郎出去兜风。

那一天，低云压顶，似乎随时都会有倾盆大雨。

“这样的天气，怎么能出去游玩呢……看这样子，中途会碰上雨的。”奶奶不赞成我们出去，她要我们改到下个星期天。

可是，向来听奶奶话的爸爸却说道：“我想让麻树他们见见秋天的大海，况且，阴天没有太阳刺眼睛，反而好开车。”

爸爸似乎说得很有道理，奶奶只好不再说什么。我们坐进爸爸开的汽车，游玩去了。

离开家，汽车飞快地奔驰。不知过了多久，蓦地前方视野一阔，一片铅色的大海映入眼帘。海面上白色的浪花一涌一涌消失在远方灰色的海天之间。好一副冷冰冰的景象。

“爸爸，这大海不是蓝的。”

“这是因为今天天阴，如果是晴天，就会变成碧蓝碧蓝的。不过虽然天气不好，但只要到岸边去观看，海水仍旧是清澈明亮的。”

“那我们快开车过去，到沙滩去！”

“现在还不行，不妨先到前面车站去买点儿橘子水什么的。”

橘子水也用不着特意去车站买，海边到处有自动贩卖机，爸爸真怪！

海岸车站里，乘客极少，静悄悄的。在车站检票处有一位着牛仔装的女子，一副等人的样子。

“呀！那不是澄子老师吗？爸爸，澄子老师在那儿呢。”那女人正是幼儿园的澄子老师。我大声告诉爸爸，爸爸向澄子老师招手，似乎一点儿也不吃惊。

我和元太郎奔向检票处，抓住老师的衣服急忙说道：“嗯，澄子老师，您到哪儿去？我们是来看大海的，老师，您和我们一块儿去看吧。”

结果，那一天，澄子老师和我们在岸边一起玩到了黄昏时分。她对我和元太郎照顾得无微不至。

“行了，行了，再这样，麻树、元太郎要给澄子老师宠坏了。”爸爸在一旁边说边笑。

“别人看了，说不定会以为是爸爸、妈妈带着两个孩子哩。”一整天都蹭在澄子老师身边的我笑着说道。

从这天起，我发觉澄子老师在幼儿园里好像对我特别好。

那次爸爸和澄子老师在海边车站相见，说不定就是他们的第一次约会。

没多久，比爸爸小十岁的澄子老师，就成了我的新妈妈。

冷清了好久的家庭又热闹、欢乐起来。

老是嘟着嘴的爷爷和颜悦色不少，奶奶从家务、照料孩子的重活儿中得到解脱，每日里轻松自在。

当然，最高兴的自然要数爸爸，他常妙语连珠逗得我们开怀大笑。

而我和元太郎，能得到幼儿园受小朋友喜爱、尊敬的澄子老师，更是得意非常。

全家喜气洋洋，每天都很快乐。可是，这快乐的日子，只持续了一年……不知不觉中，大人们之间似乎发生了什么。

奶奶对我说了要搬家的话以后，不到一个星期，我便知道了奶奶说的话是真的。

一天，我和元太郎被叫到爸爸、妈妈房里，只见爸爸、妈妈神情严肃地坐在椅子上。

“后天星期日，我们将搬家，搬到外面的老公寓去住。麻树要转学，元太郎也要换幼儿园，所以，你们明天去学校、幼儿园时，要有礼貌地跟小朋友们再见。”

爸爸话音刚落，元太郎突然大声道：“搬家？老公寓？老年人住的那种老房子？”

“不错，以后，元太郎要住进老公寓了。”

“啊！太棒了！我就喜欢老公寓，房间大，可以住很多人哩。”元太郎两眼闪闪，和爸爸一模一样的大蒜鼻子一张一合翕动着。

糊涂的元太郎！什么也不懂！

我望着天真烂漫的元太郎，心里的火直往上冒。

不知为什么，爸爸看上去好像很难过。他眼光望向别处，说话时不时叹气。

妈妈则很认真地看着爸爸，爸爸说的每一句话她都点头，仿佛小孩一样。

我们就这样离开了爷爷和奶奶，搬到陌生街区的老公寓住了下来。

“啊，就是这个车站！就是这个车站，姐姐！”

元太郎响亮的叫声，将我从回忆中惊醒，我慌慌张张从座位上站起身子。

下车后，我们换乘公共汽车。

车窗外不断飘来小街特有的阵阵香味：面包房的，咖啡店的，鱼店、花店的，还有书店的……这一切，都和我小时候跟奶奶上街买东西时闻到的气味完全一样。

我翕动小鼻子，闻着这令人怀念的气味。

窗外，开始出现熟悉的建筑物、熟悉的一排排的篠悬树，还有铃兰[1]形的街灯。我骚动不安起来：“喂，元太郎，下一站就到了，准备下车。”

我招呼着仰靠在椅子上的元太郎起身站到了车门口。

下车之后，上天桥、下天桥，进入小巷。一切都是那么熟悉，根本不需要线路图，就是闭上眼睛也不会走错。

---

[1] 一种百合花科的多年生植物，都生于高山和寒冷地带，初夏开白色铃形的小花。这里指街灯像铃兰的形状。——译者注

元太郎好像也没有忘记，他一路喊着“这条路，是这条路！”非常欢快。

“嘿，瞧那个篱笆还是老样子，也没修一修。呀，这儿变得这么漂亮了……”

我们边走边发出惊叹。若不是我已上了四年级、不能再像小孩那样乱闹，我真会当街蹦蹦跳跳的。我强行稳住步子向前迈去。

啊，看到对面绿色的三角屋顶，那正是爷爷、奶奶的家！

三角屋顶在阳光下浮动，就好像奶奶的裙子在微风中轻轻飘拂一样。

“元太郎，快跟上！”我使劲拽了拽元太郎，情不自禁向前奔跑起来。

元太郎冷不防被我一拽，脚下一虚，向前摔了一跤。

若是平时，他一定会气呼呼地挣脱我的手说：“你干吗？”

然而今天，他却没发一句牢骚。

他挺身从地上爬起，又快步跟了上来。

3. 照片的秘密

满脸皱纹的爷爷、奶奶，正在外面等着我们。

“两三天前，你们爸爸来电话，说麻树和元太郎要来家里，我和你奶奶就伸长脖子盼着哩。”爷爷笑眯眯地说道，不时加上一句“来了就好，来了真好。”

可是这时，我却有点儿不自在起来，连嘴也张不开了。到底有两年没有和爷爷、奶奶见面了，不知怎么心里觉得怪害羞的。

“小麻树，长高了。”

“像个可爱的姑娘了。”

爷爷、奶奶的话越发使我浑身不自在了……

元太郎可就大不一样了，他双手搂住爷爷的脖子，大声撒娇道：“爷爷！爷爷！”

爷爷笑得眼睛眯成了一条线。

元太郎也太那个了！虽然表面上我瞪着他，其实，心中却挺羡慕他。我也想像他那样双手抱住奶奶好好撒撒娇啊。

奶奶立在桌子对面，亲切地对我笑着。这笑容，与两年前的完全一样，我的心一下子融化了：“奶奶！”

我冲奶奶抿嘴甜甜地笑了。奶奶微微点着头，满是皱纹的脸上布满了笑容。

一切都回到了从前。与过去和爷爷、奶奶生活在一起时一样，大家心情轻松、愉快，没有丝毫隔阂。

我恢复了爱说话的天性，迫不及待地哇啦、哇啦讲了开来，好像要把这两年来的事一股脑儿说给爷爷、奶奶听：我们公寓周围的情况啦，屋子里边的样子啦，附近孩子的淘气啦；还有学校里的成绩，上私塾啦；双绳跳绳啦，在单杠上上下翻啦，现在学校里流行的玩弹子的游戏啦，等等。

元太郎的兴奋也不在我之下，他晃动身子滔滔不绝大声嚷嚷。爷爷、奶奶乐得嘴巴都合不拢了。

一阵热闹之后，奶奶好像随意问道：“妈妈，她对你们好吗？”

“嗯。图书馆呀，木偶剧呀，百货公司呀，妈妈带我们去许多地方。”

“是吗？那还可以。”

奶奶的话语中似乎有点儿古怪。

“麻树，你今天来，不是要看看爸爸用过的书桌吗？放在杂货屋了，走，我带你去看看……”爷爷起身说道，似乎没注意到奶奶说了些什么。

“啊，是，是的。”我都将书桌的事给忘了！我一伸舌头，跟在了爷爷后面。

杂货屋在后院角落里，周围长满树木，像是被遗忘了一样。

“好久没动过这屋子，锁都锈了。昨天，原想先将

桌子抬出来，结果开这门时用力过猛，把爷爷的腰都给闪了。”爷爷皱眉使劲推着挂锁链的屋门。

门发出吱吱、呀呀令人讨厌的响声，终于被推开了。门开处，迎面扑来阵阵霉味。

屋里光线暗淡，只有天花板上的一个小小的天窗。朦胧中隐约可见堆放在屋里的各类物品，好像都蒙着黑色的布套。

铁锹、铲子靠墙放着，还有砍柴机、管子，屋里还有大木桶、缸、铅桶，还有小柜子。沙发上放着三四把椅子。都是些过去熟悉的东西。

啊，三轮车！我小时候骑的三轮车……后来，元太郎还骑过它哩！我不由出声叫了起来：“那个，那个三轮车还留着呀，不知还能不能骑，也许都生锈了吧，记得过去骑它时，直叫害怕哩！”

此时，我已忘了是来看书桌的了。三轮车将我带回到了遥远的幼年时代，我情不自禁向着爷爷撒娇道：“爷爷，你真好，还留着我小时候的车子。”

爷爷没有回答。他指着里面说道：“瞧，桌子在那里，看见了吗？就是那个，那张桌子放在最里面。”

我不感兴趣地朝爷爷指的方向望去，就是它呀！光线很暗，看不清楚，只觉得书桌看上去笨重得很。

“好了，麻树，你好好看看吧，门就让它这么开着好了，我和元太郎约好要教他下棋，我先走了。”爷爷急匆匆地找元太郎去了。

看来，不知怎的，爷爷还是喜欢男孩子！

幽暗的小屋里剩下了我一个人。我小心翼翼地移动脚步，浊重的空气包围着我，阴森森的。刚才和爷爷、奶奶在一起时那欢天喜地的兴奋劲，一下子都消失了。

我蹑手蹑脚尽量不碰到各类物品，朝书桌摸去。

书桌比我和元太郎一起使用的那张桌子要大得多，结结实实的。伸手摸上去能感觉到凸起的木纹。正中有一个大抽屉，两边各有四个小抽屉。

这么多抽屉，能放不少东西呀！远比我想象的要大得多，太棒了！

我独自待在阴暗的小屋中，心里计算着自己的各种用物：学习用品、绘画用品、竖笛、心爱的小物件，还有其他的东西。嗯，对了，喜爱的童话书也要放进抽屉里，还有，可爱的娃娃也放进去，另外，还有，还有……

哈哈，真是妙极了，有这么多抽屉，一切东西都能收起来了。

我兴奋地将抽屉一个接一个地打开，心里非常满足。当打开最后也是最大的那个抽屉时，我发现抽屉里似乎有个类似纸片的东西，大小与教科书差不多。

我轻轻用指甲抓起它，原来是一张相片。

从门口和天窗射进来的光线暗淡模糊，我使劲睁大两眼：照片是偏茶色的那种黑白照，相片上是一位年轻的女人，看上去十七八岁，长长的头发披在两肩上，穿着一件白色外衣，微笑着。

这张脸似乎在哪儿见过，她是谁？在哪儿见过？

究竟是谁？我久久凝视着相片，在记忆里拼命搜寻。恍惚中似乎明白了什么，却又抓不住。好像有一半已露了出来，但另一半无论如何也不再显出来。

既然如此，干脆坐下来好好想想。

我钻进桌下坐在桌脚旁，双手紧抓相片按在胸前，闭上两眼，将自己所知道的这个年龄的人全想上一遍："嗯，不是表姐久美，不是汽车站前面包店的店员，也不是课外学习班的老师……"

“麻树，是妈妈呀。”忽然，从哪里传来一声轻轻的仿佛立刻消失的声音。

“嗯？”我一下子张开眼睛钻出桌肚。然而，四下里除了浊重的空气，没有任何别的人。

是谁在叫我的名字？！还说什么“是妈妈呀”！

妈妈……

仿佛有什么东西将我的脑子猛刺了一下，遥远的记忆一下子苏醒了。我啊的一声叫了出来。

是妈妈呀！一定是死去的妈妈！

我几乎记不清妈妈健康的面容了，只记得妈妈临死前消瘦的模样。然而，即使如此，眼前的相片依然使我回忆起了妈妈的模样：双眼皮的大眼睛黑黑的，鼻子微微翘起，嘴唇丰润，略微有些发尖的下巴。

从小，人们就说我长得像妈妈，很可爱。这相片上的人与我长得多像，难怪我觉得似乎在哪儿见过哩，她是我的妈妈呀！

辛酸的回忆充满心间，我深深叹了一口气，喃喃道：“妈——妈——”

我再一次将相片紧紧按在胸前。不知怎的，那声音忽然又响了起来："小麻树，你长大了。"

嗯，是相片在说话！我微微点着头，四周的空气随着头的摆动轻轻触摸着我的脖子。

我完全沉浸到了梦幻中。忽然，我一下子意识到小屋的门还开着，万一爷爷来这儿听到了说话声，那可不得了！

我用力将门关上，重新钻到桌子下面，抱紧相片，试着和看不见的人影说话："我，是麻树。妈妈，你是去世的妈妈吧？"

"是呀，小麻树。就这样将眼睛闭上，心中静下来，什么也别想，对，就那样，那些忘却的儿时的往事，又都出现在眼前了吧？"

忘却的往事？那是什么呀？连忘掉的是什么都不知道，又怎么会看见呢？难道是指妈妈住院时的样子吗？或者是……

我紧紧地闭上了眼睛。

黑暗中，有模糊的影子在摇晃，如同蜡烛红色的火苗。渐渐地，小小的火苗变大了，将眼睑后面映得一片明亮。

明亮中，一个人影不可思议地慢慢浮现，那是一个女人，她正坐在洒满阳光的屋子里，膝盖上抱着一个小女孩。

啊！那不是妈妈和我嘛！那时的我，才两岁左右，正偎依在妈妈怀里撒娇呢。两个人似乎正在说着什么。

我竖起耳朵，全神贯注倾听起来——

“妈妈的肚子痛？”

“嗯，妈妈的肚子里长了一个坏东西，医生说一定要将那个坏东西取出来，所以，妈妈要去住医院，小麻树呢，要乖乖地和奶奶一起待在家里，嗯？”

“我不，我也要去医院。”

“但是小麻树没有生病啊？乖孩子，要听妈妈的话。”

“不好的，我也不好的。”

“小麻树哪里不好呀？”

“我的肚子里有一个水塘呢。”

“水塘？”

“嗯，我喝了许多水，肚子里咕咕直叫，有一个水塘哩。”

“是吗，让妈妈看看小肚子，哎呀呀，小水塘真的在咕咕叫呢。”

“我老是小便，是因为有水塘吧？所以，我也要去医院，将水塘取出来。”

“呀，小麻树，哈哈哈……”妈妈哈哈笑了。

我小时候说的话可真有意思。

我凝神倾听妈妈和我小时候的交谈，身心完全被妈妈的笑声所浸透，我在心中默默为妈妈祈祷起来。

这时，小屋的门吱的一声打开了。

我吓了一跳，向门口望去，是爷爷。爷爷扶着老往下滑的眼镜向屋里张望：“果真还待在这儿呀，一直不见你回来，怕出什么事了。”

“什么？噢，没什么，什么事也没有。这书桌比我想象的要好得多，我非常满意，所以，我就在这儿东摸摸西看看。”我很难为情，像是做了坏事一样慌慌张张从桌下钻了出来。

“哈哈，那么满意啊，竟然钻到桌子底下去了，哈哈……你这么喜欢，这样就好了。”爷爷似乎什么也没有察觉，笑嘻嘻地摸着自己那秃了顶的前额。我出了口长气，放下了心。

书中抽屉里放有相片的事，将是我一个人的不可思议的秘密。谁都不告诉。

我悄悄将相片放回原来的抽屉中，没让爷爷察觉。然后装作若无其事的样子回到了元太郎和奶奶的身边。

（蒋 渝／译）

河野贵子，日本儿童文学作家，生辰不详。生于日本广岛。毕业于鹤见女子大学国文科。曾当过杂志编辑、自由撰稿人。其作品文笔细腻、视野独特。1980年凭借《书桌里的秘密》获第九届日本儿童文艺新人奖。

失去了最后一头大象的夜晚

〔日本〕星新一

在 2030 年春天的一个夜晚，天气还有些冷飕飕的。许多黑黝黝的高楼大厦像崇山峻岭似的矗立着，在这“峡谷”上方犹如“一线天”的夜空中，悬挂着细细的一弯新月。在这月亮的阴影部分中，从月球发往火星的灯光联络信号就像调皮的小姑娘在眨眼睛似的，忽闪忽闪地正在进行远距离通讯。在高楼大厦所组成的“山脉”后面，一艘宇宙飞船拖着橘黄色的火焰尾巴，腾空而起，渐渐地消失在漆黑的夜空之中。

一位老奶奶站在窗边，瞧着窗外的夜景。突然，她把手放到嘴唇边，召唤着隔壁房间里的小孙子：“宝宝，快到这边的房间里来。”

她左手手指上戴着一个小小的戒指，实际上这是一个微型话筒，能够把说话声传送到隔壁去。

不一会儿，房门悄悄地开了，一个小男孩跑进来说道：“奶奶，怎么样了，现在还不要紧吧？”

“什么怎么样呀，只要能够不死，就已经不错啦。来吧，到这儿来，把电视机打开来瞧瞧。”这位老奶奶坐在安乐椅上，向小孙子招着手，叫他坐到自己的膝盖上来。小孙子乖乖地爬了上去，椅子轻轻地摇晃了起来。

如果是往常的话，这个孩子就只顾自己玩下去，无论怎么叫也不肯过来。但是最近这几天却变得跟以往不同了。最近一段时间，差不多所有的男孩子都对模仿宇宙生物玩具的游戏着了迷，玩得连饭也不想吃了。被模仿成宇宙中各种奇形怪状的动物的玩具，借助于先进的电子设备，在墙壁上和天花板上笨拙地四处爬行着。孩子们手里拿着闪光手枪瞄准这些怪物进行射击。一旦光线命中了目标，玩具怪物就会发出悲哀的惨叫声。这种极其有趣的游戏风行一时，甚至有时候连大人也忍不住要玩一会儿呢。

可是，最近宝宝不玩这种游戏了。不仅是宝宝，其他人家的孩子也都一样，都不再玩了。因为孩子们都非常伤心地感到，人类就要失去最亲密、最友好的好朋友了。

奶奶按了一下装在椅子上的一个电钮。竖在房间角落里的那扇乳白色的屏风上渐渐地显示出了各种鲜艳的色彩，于是，一个辽阔而又荒凉的世界便展现在眼前了。

“奶奶，这是什么电影呀？我从来也没有看过啊！”

“这个呀，是很久很久以前的电影。名字叫作‘人猿泰山的法宝’。”

最近以来，他们几乎每天都看这样的电影。昨天看的是《印度的太守》。各种凶猛野兽发出的吼叫，热带原始森林里树叶沙沙作响，在这短短的一段时间里，他们两个人仿佛身临其境，来到了被这陈旧的老式胶卷所记录的世界。

不一会儿，电影中断了，响起了播音员的声音，开始报告新闻了。

“亲爱的听众们，现在报告大象的治疗情况。病情仍然是忽好忽坏，很不稳定。大约从一小时以前开始，大象就进入了危险状态。医生们正在采取各种抢救措施，包括输氧气，打强心针……”

宝宝闭上眼睛，合拢双手，嘴里喃喃地念叨着什么。奶奶奇怪地问道：“宝宝，你这是在干什么呀？”

“嗯，是在祈祷祝愿呀。各个地方的小朋友们都在虔诚地祈祷呢。大象千万不能死去啊！”

“真是些善良的好孩子呀。那头大象要是知道的话，一定会很高兴的。”

电视台的播音员继续往下说着：“……经常发生短暂的心跳停止现象。最近这几个月以来，什么东西也没有吃过，因此，情况十分危急，也许已经是无可救药了。再过几个小时，我们人类将会失去自己最亲密的好朋友——大象。”

新闻播送完以后，又开始继续放映电影了。这时小孙子向奶奶问道：“从前有那么多大象吗？”

“我也从来没有亲眼见到过那么多的大象聚集在一起呢。因为，当我还是小孩子的时候，大象的数目就已经大大地减少了。”

“那么，见到过真正的大象吗？”

“啊，在动物园见到过，可是只看到两头大象。这仅有的两头大象都温顺善良地眯着眼睛，显出一种十分孤独寂寞的神情。”

“散发出什么样的气味呢……”

“呀，我记得好像是一股干草味儿。”

“干草？”

小孙子不知道干草是什么东西，他既没见到过，也没摸到过。因为，由钢筋混凝土构成的城市建筑以惊人的速度在大地上向四面八方不断地扩展着，凡是人们眼睛所能看得到的地方都早已是寸草不留了。

这种时代的发展趋势对于除人类以外的各种动物来说，是极其不幸的。在这一问题刚开始出现的时候，类似大象这样躯体十分庞大的那些动物就首当其冲，幸存下来的数目急剧地减少。

并且从问题出现到制定相应的对策总得花费一段时间。不管在什么情况之下，与人类直接有关的问题总是得到优先考虑。就是说，有关方面虽然也做了一些妥善的安排，但是大象们总是感到生活得不太舒服。

经过净化的空气，营养丰富的饲料，漆得十分漂亮的铁栏杆——幸存的那些大象都被集中在这样的一个环境里。人们运用一切方法对它们进行无微不至的照料，但是，大象的数目仍然是一天比一天减少。

“奶奶，大象为什么都没有啦？”

“唉，因为在这个地球上再也找不到大象所喜欢的地方了。”

“大象做了什么坏事吗？”

“根本就没做什么坏事呀。大象还非常友好地和人类在一起做过游戏呢。可是，最近这几年，因为人们变得越来越忙，不太有空和大象一起游戏玩耍了，所以就感觉不到大象生存的必要性了。”

“这多没劲呀！等我长大以后，一定要陪大象一起做游戏，高高兴兴地玩！”

“无论是谁，在还是小孩子的时候都是这样天真地想的。可是，一旦长成了大人，就会把大象之类的事情全扔到脑后去啦！就这样一代一代地循环下来，到现在为止，只剩下最后的那头大象啦！”

“那头生病的大象现在正在想些什么呀？”

“也许正在怀念从前那些自由自在地生活在密林深处的祖先和友好的人们吧。就像这电影里一样……”奶奶指着电视机的屏幕说道。

陈旧的老式胶卷展现出了一幅生动的画面：现在早已绝迹的那些大象的祖先们，在赤日炎炎之下精神抖擞地翻山越岭，涉过许多大小河流。它们就像是在显示着那段引以为自豪的光辉历史。大象们挥舞着长长的鼻子，拔起一棵棵枝叶茂盛的大树，兴奋地大声叫喊着。一种令人振奋的强大的力量简直就像要从电视屏幕里溢出来似的。

宝宝睁大了眼睛，看得入了迷，恨不得跑到电视屏幕里去和大象们一块儿痛痛快快地尽情玩耍。可是，奶奶却忧心忡忡地想着另外的事情："目前正在不断地向前发展的人类说不定什么时候也会和可怜的大象一样，最终变得只剩下最后一个人的吧。到那个时候，这位幸存者将会想些什么事情，注视着什么样的东西呢？"

突然，电影又中断了，播音员的声音响了起来。

"现在极其沉痛地向大家宣布：由于治疗无效，这头最后的大象死亡了。对于我们人类来说，从此就永远地失去了长时期友好相处的亲密朋友——温顺而又善良的大象……"

宝宝一听到这个消息，便掉下了伤心的眼泪，他抽泣着说道："哎呀，终于死掉啦。"

"是呀。从此以后，地球上就再也找不到生机勃勃、强壮有力、讨人喜欢的大象了。”

接着，奶奶便默默地垂下了头。过了一会儿，她发觉夜已经很深了。

“啊，已经不早了，快上床睡觉吧。”

“嗯，今天晚上我要和玩具大象一起睡觉！”

“好吧，把那头玩具大象抱去吧。”

宝宝紧紧地抱着那头玩具大象走出了房门。说不定刚才死去的那头大象今天晚上将会在全世界的小朋友们的梦里出现，依依不舍地向大家告别呢。

（李有宽／译）

星新一（1926~1997），本名星亲一，日本现代科幻小说作家，被誉为“日本微型小说鼻祖”。生于日本东京。毕业于东京大学研究院。1957 年参与创办了日本最早的科幻小说同人志《宇宙尘》。1960 年荣获直木奖。1976 年荣获日本推理小说家协会大奖。共发表一千多篇作品，代表作有《恶魔天国》《人造美人》《声网》和《恶魔的标靶》等。

失去的时间

〔苏联〕叶·里·施瓦茨

从前，有个小男孩，名字叫皮叶强。他在第十四小学三年级读书。他的功课总是跟不上，语文、算术不及格，连音乐的成绩也是个“差”。

在第一学期，他说：“来得及。下学期，我准赶上你们。”

到了下学期，他又指望在第三学期把功课补上。就这样，他老是往后推呀，推呀，老是落后，落后，自己心里却一点儿也不着急，光说“来得及，来得及”。

有一天，皮叶强上学，跟平常一样，又迟到了。他跑进存衣室，把书包往桌子上一扔，嚷道：“娜塔莎阿姨！给您，我的大衣！”

娜塔莎阿姨在挂衣架后面问道：“谁在叫我？”

“我，皮叶强。”皮叶强回答。

“今天你嗓子为什么这么哑？”娜塔莎阿姨问道。

“我自己也觉得奇怪，”皮叶强回答，“不知怎么回事，忽然嗓子就哑了。”

娜塔莎阿姨从挂衣架后面走出来，看了皮叶强一眼，不由得大叫一声：“哎呀！”

皮叶强也吓了一跳，问道：“娜塔莎阿姨，您怎么啦？”

“还问我怎么啦！”娜塔莎阿姨回答，“您说您是皮叶强，其实您大概是皮叶强的爷爷。”

“我怎么会是爷爷？”皮叶强问道，“我是皮叶强，三年级学生。”

“您自己照照镜子！”娜塔莎阿姨说。

皮叶强一照镜子，差点儿跌了个跟头。皮叶强看见，他变成了一个脸色苍白、又瘦又高的老头子。他还长出两撇胡须和一把浓密的络腮胡子。一条条皱纹，像网子似的罩在他脸上。

皮叶强瞧着镜子里的自己，瞧着，瞧着，大胡子一个劲儿发抖。

他粗声粗气地喊着：“妈呀！”从学校里飞奔出去。

他边跑边想：“要是妈妈不认识我，就糟了！”

皮叶强跑到家门口，按了三下门铃。

妈妈给他开了门。

她望着皮叶强，一声也不响。皮叶强也不吱声。他支棱着大络腮胡子，站在那儿，几乎要哭出来了。

“老爷爷，您找谁？”过了半天，妈妈问道。

“你不认识我啦？”皮叶强喃喃地说。

“对不起，我不认识您。”妈妈回答。

可怜的皮叶强只好转过身子，朝眼睛看得见的地方走去。

他边走边想：“我是一个多么孤单的、不幸的老头儿！我没有妈妈，没有儿子，没有孙子，没有朋友……最不幸的是，我什么也没来得及学会。真正的老头儿，要么是博士，要么是专家，要么是科学院院士，要么是教师。可我只上到小学三年级，谁需要我呢？我连退休金都领不到，因为我只学习了三年，而且还尽得二分和三分！

“我怎么办呢？我这个可怜的老头儿！我这个可怜的小孩！这可怎么得了呢？！”

皮叶强就这样一面想一面走，一面走一面想，不知不觉出了城，进了森林。天还不太黑，他在森林里走了一段路。

“最好休息一会儿。”皮叶强想道。他发现旁边的松树后面有一栋小白房子。皮叶强走进房子里去，主人不在家。屋中摆着一张桌子。桌子上面，挂着一盏煤油灯。桌子周围有四张凳子，一个大挂钟在墙上发出嘀嗒嘀嗒的响声。墙角堆着一大堆稻草。

皮叶强躺到稻草堆上，把身子埋进稻草里，觉得暖和了一些。他悄悄地哭了一会儿，用胡子擦干眼泪，接着就睡着了。

皮叶强一觉醒来，发现屋里很亮，吊在桌子上面的那盏煤油灯闪亮着。四个小孩——两个男孩子、两个女孩子——围桌坐在那儿，桌上放着一个镶铜边的大算盘。这四个小孩嘴里嘟嘟囔囔的，正在算账。

“两岁，加五岁，再加七岁，再加三岁……这是您的，谢尔盖·符拉基米洛维奇；这是您的，奥尔加·卡皮托诺夫娜；这是您的，马尔法·瓦西利耶夫娜；这是您的，潘切列依·扎哈洛维奇。”

这是哪儿的小孩？为什么他们都皱着眉头？为什么

他们都像老头儿、老太太一样，唉声叹气，呼哧呼哧的？为什么他们彼此称呼对方的名字和父名[1]？他们半夜三更到这林中小屋里来开会，为的是什么？

皮叶强屏住气，一动也不敢动，竖起耳朵听他们说的每一句话。他们的话使他感到非常害怕。

原来坐在桌前的四个人，不是普通的男孩子和女孩子，而是心狠手辣的妖术师！世上的情况是这样的：如果一个人总是白白地浪费时间，他就会不知不觉地变老。凶恶的妖术师们了解到这情况后，就开始找那些白白浪费时间的小孩。妖术师们抓到皮叶强，还抓到一个小男孩和两个小女孩，把他们变成了老头儿、老太太。四个可怜的孩子自己都没有觉出来，怎么一下子就老了——要知道，一个白白浪费时间的人，是不知道自己怎么会这么快就老了的。妖术师们把四个孩子失去的时间偷去，归自己所有了。于是四个妖术师变成了小男孩、小女孩，四个小孩变成了老头儿、老太太。

这可怎么好？

---

[1] 俄罗斯成年人之间一般称呼名字和父名，表示尊重对方。——译者注

难道说，四个孩子不能再挽回失去了的青春吗？

妖术师们算完了时间账，想把算盘收到抽屉里，可是谢尔盖·符拉基米洛维奇不让收。他拿起算盘，走到大挂钟前，把指针转了几转，又拉了几下锤坠，听了一会儿嘀嗒声，然后又拨动算盘，算了起来。他嘴里念念有词地计算着，一直计算到挂钟显示出午夜的时间。这时，谢尔盖·符拉基米洛维奇又把账重新核对了一遍，低声对另外三个妖术师说："你们知道吗？今天被我们变成老头儿、老太太的四个小孩，还能返老还童。"

"什么？" 三个妖术师惊叫道。

"我马上讲给你们听。"谢尔盖·符拉基米洛维奇回答。

他蹑手蹑脚地走出屋，绕小房子转了一圈，察看过周围的动静，然后回到屋里，闩上门，又用一根小棍儿捅捅稻草堆。

吓得皮叶强像只小老鼠似的屏息不动。

幸亏这时煤油灯的光不太亮了，屋里昏昏暗暗的，所以妖术师们没有发现皮叶强。谢尔盖·符拉基米洛维奇把那三个妖术师叫到自己跟前，压低声音说："可惜世上的情况是这样的：一个人不论遇到什么不幸，都能想法化险为夷。如果被我们变成老头儿、老太太的那四个小孩，明天能够聚到一起，半夜十二点四个人一块儿到我们这儿来，把大挂钟的指针往回转七十七圈，他们就能重新变成小孩，同时，我们也就完了。”

妖术师们沉默了片刻。后来，奥尔加·卡皮托诺夫娜说：“这，他们怎么能知道呢？”

潘切列依·扎哈洛维奇喃喃地说：“半夜十二点，他们来不了的。迟到一分钟，不就没有用了嘛！”

马尔法·瓦西利耶夫娜嘟嘟囔囔：“他们怎么来得了呢！这四个懒学生，连数到七十七都不会，一数就得数错。”

“话虽然这样说，”谢尔盖·符拉基米洛维奇说，“可我们还是小心一点儿为好。万一那四个孩子到了这儿，只要他们的手碰到挂钟，咱们就不能动弹了。好啦，现在不要浪费时间，咱们去干活儿吧！”

四个妖术师把算盘收进抽屉里，像小孩一样，连蹦带跳地走了，但同时又像老头儿、老太太一样唉声叹气，呼哧呼哧的。

皮叶强等妖术师们的脚步声在森林里消失后，赶紧

逃出小房子。这回，他可不敢再浪费时间了，他匆匆忙忙地隐蔽在树木后面，跌跌撞撞地向城里跑去，去找那三个变成了老头儿、老太太的小学生。

城市还在酣睡。窗户里面没有灯光，大街上少有人迹，只有几个警察在站岗。眼看天亮了，头几辆电车叮叮当当地开了过去。皮叶强好不容易看见一位老太太，她手里提一个大篮子，慢慢吞吞地在大街上走着。

皮叶强跑过去，问道：“老奶奶，请您告诉我，您是小学生吗？”

“什么？你说什么？”老太太板着面孔说。

“您是不是小学三年级学生？”皮叶强胆怯地小声说。

老太太跺着脚，把篮子朝皮叶强一挥。皮叶强撒腿便跑。他喘过一口气来后，又继续向前走去。这时，城市已经完全醒来了。一辆辆电车风驰电掣般开过去。人们在急着去上班。载重车呜呜地飞跑，忙着往商店、工厂和车站送货。清洁工人们在清除马路上的积雪，把沙子撒在人行道上，免得行人滑倒。这些事情皮叶强以前也见过多次，可是现在他才明白，为什么人人都这么匆匆忙忙，生怕来不及，生怕迟到，生怕落后。皮叶强东瞧瞧，西望望，找老头儿、老太太，可是一个合适的也没找到。大街上倒是有一些老头儿、老太太在快步走着，不过一眼就可以看出，他们是真正的老头儿、老太太，不是小学三年级学生。

这边来了个夹着公事包的老头儿,大概是一位教师。那个老头儿拎着一只桶，桶里还有把刷子——准是油漆工。一辆红色的消防车急驰过去了，车上坐着一个老头儿——市消防队队长。他当然一辈子从来没有浪费过一点儿时间。

皮叶强到处走啊，走啊，怎么也找不着年幼的老头儿或年老的小孩。周围的生活可以说是在沸腾，只有皮叶强一个人落后了，迟到了，什么也没来得及做，一点儿用处也没有，没有人需要他。

中午，皮叶强走进一个小公园，坐在条凳上休息了一会儿。

他霍地跳了起来。

他看见一位老太太坐在离他不远的条凳上哭。

皮叶强想跑到她跟前去，可又不敢。

“我还是稍等一下吧！”他心想，“我瞧瞧，下一步她干什么。”

老太太忽然不哭了，坐在那儿，两条腿荡来荡去。后来，她从衣服的一边口袋里掏出一张报纸，从另一边口袋里掏出一块葡萄干面包。皮叶强高兴得几乎叫出声来。那报纸是《少先队员真理报》！老太太一边看《少先队员真理报》，一边吃着。她把葡萄干全挖出来吃了，却不咬面包。

老太太看完报，把报纸和面包又塞回衣服口袋，然后突然发现雪地上有件什么东西。她一弯腰，拾起一个皮球。一定是在小公园里玩的小孩把这皮球掉在雪地里了。老太太把皮球捧在手里，仔细瞧了一阵，用小手帕擦干净，站起来，不慌不忙地走到树下，玩了起来。

皮叶强跳过雪堆，穿过灌木丛，跑到她身旁，一边跑，一边还嚷道：“老奶奶！没错！您是小学生！”

老太太乐得蹦了个高，抓住皮叶强的手，回答道：“对呀！对呀！我是三年级学生马露霞。您是谁？”

皮叶强告诉了马露霞自己是谁。他俩手拉手，跑去找另外两个人。他们找了一个钟头，两个钟头，三个钟头。后来，走进一所大房子的后院，看见放柴的板棚旁边，有一个老太太用粉笔在柏油地上画了一些方格子，正在用一只脚跳房子玩。

皮叶强和马露霞急忙朝她跑了过去。

“老奶奶，您是小学生吗？”

“我是小学生，”老太太回答，“小学三年级学生娜金卡。你们是谁？”

皮叶强和马露霞告诉了她，他们自己是谁。三个人手拉手，跑去找第四个小孩。

但是这第四个小孩还真不好找。他们到一家家院子里去找，到一个个公园里去找，到儿童剧院去找，到儿童电影院去找，到趣味科学宫去找——哪儿也找不着。

时间却过得很快。天已经黑下来了。住在一楼的人家已经点上了灯。一天快要结束了。这可怎么办？难道说，一点儿希望也没有了吗？

忽然，马露霞大声喊道：“快瞧！快瞧！”

皮叶强和娜金卡一瞧……你们猜，他们瞧见了什么？一辆 9 路电车开得飞快。一个老头儿坐在电车尾部的台架上，帽子歪戴着，长胡子被风吹得飘了起来，他还调皮地吹着口哨。三个孩子满处找他，累得精疲力竭，想不到他在用这个办法满城逛，满不在乎。

皮叶强、马露霞和娜金卡跟在电车后面，拼命地追。还不错，追到十字路口，恰好红灯亮了，电车停了下来。

他们仨抓住坐在电车尾部台架上的老头儿的衣服下摆，硬把他拖到地上。

“您是小学生吗？”他们问道。

“怎么不是呢？”他回答，“小学二年级学生瓦夏。你们要干什么？”

三个孩子告诉了他，他们自己是谁。

一点儿时间也不能浪费。他们四个人乘上电车，朝城外的森林驰去。

电车上有几个小学生。一看上来两位老爷爷、两位老奶奶，他们赶紧站起来让座：“爷爷，奶奶，请你们坐下吧！”

这四位老人觉得挺不好意思，脸羞得通红，谢绝了。

偏偏那几个小学生特别有教养，讲礼貌，非请四位老人坐下不可，他们说：“请你们务必坐下！你们一辈子做了许多工作，你们太累了。请坐下休息休息吧！”

幸亏这工夫电车已经开到了森林站。四位老人跳下电车，向森林里跑去。

但他们又遇到了新的不幸——在森林里迷路了。

夜幕降临了。漆黑漆黑的夜里，四位老人在林中徘徊着，绊了不少跟头，怎么也找不到路。

“哎呀！时间呀！时间呀！”皮叶强说，“时间过得多快呀！昨天，我因为害怕浪费时间，没注意到去小房子的路怎么走。现在我才明白，有时候，在有些事情上，也得花费一点儿时间，省得以后浪费时间。”

四位老人可累坏了。幸亏刮了一阵风，吹散了天上的乌云，露出一轮明月。

皮叶强爬到一棵白桦树上，朝四面张望了一番——嗨！敢情小房子离白桦树只有几步路远，它那白白的墙壁藏在茂密的小松树之间，窗户里还有灯光。

皮叶强从树上下来，小声向伙伴们说：“轻一点儿！别说话！跟我来！”

四个人从雪地上爬到小房子跟前，小心翼翼地往窗户里看看。

大挂钟上的时间是差五分十二点。四个妖术师正躺在稻草堆上，享受他们从孩子那儿偷去的时间。

“他们在睡觉！”马露霞说。

“轻一点儿！”皮叶强低声说。

四个孩子轻轻地打开门，向大挂钟爬去。他们爬到大挂钟旁边的时候，是差一分十二点。恰好在午夜十二点，皮叶强用手抓住大挂钟的指针，把它向相反方向转——一圈，两圈，三圈……

四个妖术师惊叫着，想从稻草堆上跳了起来，可是瞬间已经一动也动不了啦。他们待在那儿，越长越高。一会儿工夫，他们就变成了成年人，头发也白了，脸上满是皱纹。

“把我举起来，”皮叶强嚷道，“我变小了，我够不着指针了！三十一，三十二，三十三！”

马露霞、娜金卡和瓦夏把皮叶强举了起来。指针倒转到第四十圈的时候，四个妖术师已经变成老态龙钟、弯腰驼背的老人。他们的背越来越驼，个子越来越矮。等指针倒转到第七十七圈的时候，四个心狠手辣的妖术师怪叫一声，就消失得无影无踪了。

四个孩子互相看了看，都笑容满面。他们又变成了小孩。经过一番努力和斗争，他们终于奇迹般地夺回了失去的时间。

他们是得救了，但请记住：如果一个人总是白白地浪费时间，他就会不知不觉地变老。

（王 汶／译）

叶·里·施瓦茨（1896~1958），苏联儿童文学奠基人。主要作品有童话剧《宝藏》《皇帝的新装》等。其代表童话故事《失去的时间》写得意趣盎然，别具一格。

太阳请假的时候

〔德国〕柏吉尔

“从前有个时候，”一天晚上，乌拉·波拉说，“人们忽然变得悲观起来，他们不满意自己，不满意上帝，也不满意世界。‘喔’他们说，‘生活真是个重累。工作太多，娱乐太少。我们得把这个办法颠倒过来，总而言之，统而言之，我们要好好地休息一下了！’

“于是他们把所有的事情都搁置起来，一齐罢工！所有的机轮都停止了，烟囱里不再冒烟。刚造好一半的屋子，围着高高的鹰架，高耸入云。裁缝从此不拿缝针；皮匠不再擦蜡线，不再钉鞋底；店员紧闭店门；矿工停止下矿；渔夫不去张网。最高兴的要算那些牛羊，他们快活地到处乱跑，高声大叫，因为不再有人来管它们了。

“乡村里的农民，无论是张三、李四、阿猫、阿狗，都聚集在小茶馆里，说：‘好，既然城里人一齐罢工，我们又为什么一定要去种田呢？我们也要罢工！’于是犁头、铁锄、镰刀、水车等农具就没有人去过问了。‘随你们便，’城里人说，‘我们的仓库里有满仓的米谷，我们的地窖里更有满窖的马铃薯。我们还暂时不需要你们的农产品！’

“太阳惊奇地从天空中望下来，注视着地面上所有的奇事。

“‘啊’，月亮说，‘世界上的人都着了魔。我在地球四周环行了无数万年，我曾看见过不少疯狂的事情，可从不曾看见过像现在这样的荒唐之事。我看人类是要遭遇不幸了，因为把所有人团结起来的只有工作，现在他们连手指都不动一动，他们的前途就只有灭亡。噢，我认为工作是光荣的，我将要继续照亮黑夜，并且领着黄金色的“星的羊群”在天空放牧！’

“可是现在农民早已停止耕种，张三、李四、阿猫、阿狗都整天坐在茶馆酒店里打牌喝酒，这就使太阳非常灰心。‘既然这样，我又何必再照耀这大地呢，’一天他感伤地说，‘你们既然不下种子来叫我培育成熟，既然用不到我来照着你们做工，我的照耀就完全失去了意义。

让你们在黑暗里面逍遥吧，我是不愿意照耀一批懒惰虫的。你们得想明白，赶快做工，否则我也要请假了！’

“‘别管我们，太阳先生，’人们抱怨道，‘你要怎样做，随你的便，我们早已决定不再做工了！’

“那一天晚上，太阳在西下的时候脸色通红，显然是发怒了，第二天早晨他就不再回来了。他已经请假了！

“‘太阳真的躲开了，’人们说道，有好些人都哭丧着脸。‘这么一来，天要冷起来了，’他们说，‘而且白天也将同黑夜一样黑暗了。’‘不过夜里是可以有光的，’还有些人说，‘因为夜里有月亮出来照耀我们！’

“可是到了夜里，天空还是乌黑。月亮似乎也请假了。人们都跑去问最著名最博学的天文学家，这是什么原因，为什么月亮不再天空照耀。

“‘噢，这个嘛，’天文学家说，‘她是没有办法来照耀了；太阳不发光，就连月亮自己也躲在黑暗里，因为她先得被太阳照亮了，才能把这光反射到地面上来。’

“‘好吧，’人们懊丧地说，‘那么她就不必照耀了。我们还可以用电灯来照亮街道，用电炉来温暖房屋。’

“他们用煤来烧锅炉，开动巨大的蒸汽机，造成电流，使它通过千百盏电灯把全镇上每家每户都照亮了。他们又制造了煤气。他们把煤放在大囤中加热，把产生的煤气用导管通往每家每户，把它点着，这样，他们就可以用电炉取暖，用煤气灶煮菜。他们嘲笑着太阳。

“但是过了一段时间，所有的存煤都用尽了，由于矿工不愿意替别人服务，锅炉里的水就无法煮沸，蒸汽机就不能开动。同时煤气也没有了，光也没有了，温暖也没有了。人们又开始感到不安。

“但是有些人说：‘不要灰心，我们不怕没有太阳，要是真的没有煤来开动蒸汽机，我们还有水力。世界上有不少的瀑布，从高的地方流下来，我们可以在那里装些水磨和轮机，让水流冲在轮上，使轮子回转，开动发

电机。这样我们又可以利用电力来采光取暖了！'

“但是人们跑到瀑布附近，却看见那里没有一滴水在流动，这倒并不是由于水结了冰，实实在在是由于那里没有水。于是他们跑去问最著名最博学的气象学家：'请你告诉我们，那些瀑布为什么都干涸了。'

“'噢，'聪明的气象学家说，'理由很简单！瀑布从很高的山顶流下来，是由于太阳把山顶的冰雪融化了，变成水的缘故。现在太阳既然停止照耀，冰雪就不再融化，山脚边就不可能有瀑布了。在山顶积起来的雨水，本来也可以成为瀑布流到山谷里去，可是现在太阳既然不把河海里的水蒸发起来，升到天空去变成雨云，也不可能有雨和瀑布了！太阳用温热来造成雨露霜雪的变化，可是现在太阳请了假，就什么都没有了。'

“'真该死，'人们说，'为什么我们要任凭太阳的摆布呢？你想，现在我们该怎么办？我们可以利用风。风可以替我们转动风车，我们有了这风力就可以运转轮子，开动发电机了。不要灰心！我们要建造巨大的风车。'

“'哎哟！'木匠和铁匠却愤愤地说，'大家又要过忙忙碌碌的生活了！'

“但是旁人宽慰他们说，这工作只是暂时的，只要等到风车装置完竣，大家又可以过安闲愉快的生活了。

“于是他们日夜赶制巨大的风帆和机器，把手足都冻僵了，因为那时候天气是一天比一天寒冷。后来工作终于完成了，只等有风，就可以使巨大的风车旋转，于是轮子和发电机就可跟着转动，他们又可以有电力、电光和电热了。可是事实上，一点儿风都没有，不但最小的树叶静静不动，连微细的尘埃也飞不起来。

“于是人们又到气象学家那里去问：‘请告诉我们，什么时候会再有风！’

“气象学家深深地叹了口气，扶了扶他的眼镜，然后说：‘没有了太阳，也就没有了风，因为造成风暴的就是太阳。太阳温暖了各地的空气，但是有的地方受阳光多，有的地方受阳光少，所以有的地方比较暖，有的地方比较冷。温暖地方的空气向上升，于是寒冷地方的空气就沿地面流过去补足温暖地方上升的空气。这就形成了风。如果沿地面流动的空气走得太快，这就是风暴，如果它们走得慢一点儿，那就只成为一种摇曳树枝的轻风。现在太阳既然不再温暖空气，空气就不再流动，你们就白

白建造了这座大风车。’

“于是人们从早到晚板起了脸孔，动不动就生气打架，可是这并没有用，他们还是不能够叫风车转动一分一毫。‘你们必须再到矿里去挖出些煤来，’人们说，但是矿工们哪里肯听，因为大家休息，他们怎么肯单独做工。‘我们不愿意冻死！’大家叫了起来，于是各处都吵吵闹闹，甚至有人被打得头破血流。他们为了要喝热的汤，住暖和的房间，就把所有森林里的树木一齐砍下来当柴烧。但是有人因为在寒冷的露天工作，竟给冻死了。

“天气一天冷过一天，大家都像住在北极一样。海水冻结，足有一百多米厚。所以轮船不能到远方去装运粮食和其他日用品，渔夫不能撒网。森林中的动物都冻死了，空中的鸟类冻僵了落在地上，血都凝成了冰块。地面冻结，硬得像钢铁一样，就是真要用犁来耕种，也是不可能了。可怕的黑暗笼罩着整个世界，只有冰冷的天空中的远远的繁星，还射出惨淡的微光，照到这不幸的没有太阳的地球上来。

“人们的处境是愈来愈坏了。‘我们要复工’，他们不得不喊了出来，‘我们要享受光明和温暖，我们要享受风和云，我们要享受青翠的森林和迎风起浪的谷田，我们要享受小鸟的歌声和花草的芳香，我们要太阳回到天空，是的，太阳，太阳，他使我们快乐，舒适，万事称心！’

“‘我们要复工，让太阳再来照耀。’大家齐声呼喊，声音震动了整个地球。

“太阳听见了这喊声，他向地球一望，看见人们已经醒悟了过来，他就张开笑口，从地平线上升起来，闪出耀眼的光芒，又把世界容纳在他温暖的怀抱里了。

“无论男女老少都跑出屋子，站在让人睁不开眼的阳光中，阳光温暖他们发抖的四肢。一种新的生气很快地显现在他们灰白色的脸上。太阳凭了他的光线，又上演了无数的奇迹，都是人们一向所不曾注意到的。他解放了冰封的泉水，让它们向前潺潺地流去；他融化了江河湖泽，让海水再生波浪，水手和渔夫照常工作。太阳又温暖了空气，引起气流的纷扰，于是风也有了，风车上的风帆也转动了。融解的冰雪从山巅流下来，于是瀑布也苏醒了。风车和水车的主人又衔着烟斗，高高兴兴地磨着他们的麦粉。张三、李四、阿猫、阿狗又在新解冻的田地里用犁来翻着泥土。树木长出新芽，残存的小鸟从潜藏的洞穴里飞出来，快活地唱着歌。在天空的云端背后依旧飘浮着那环游地球的老旅行家月亮，她脸上露着笑容。

“太阳拉开了圆圆的脸，笑眯眯地渐渐西沉，像是慈爱的爸爸关心他的孩子们一样。”

（顾均正／译）

布鲁诺·汉斯·柏吉尔（1875~1948），德国科学家、科普作家。生于柏林。做过鞋匠、工人、自由撰稿人。擅长以讲故事的形式将本来较为枯燥深奥的科学知识变得通俗易懂、生动有趣。代表作有《乌拉波拉故事集》《活动》《爱的代价》。被选入北师大版六年级下册语文课本的《琥珀》一文，就是根据其《玻璃棺材》改写的。

奇奇洛的愿望

〔意大利〕亚米契斯

在意大利的一个小镇上，有一个男孩名叫奇奇洛。

奇奇洛家里很贫穷，他的爸爸只好到遥远的异乡去挣钱谋生。爸爸好久没有来信了。奇奇洛很想念他的爸爸。

有一天，他终于收到爸爸寄回来的一封信。

“妈妈，爸爸在信上说，他很快就会回家的。”

奇奇洛和他妈妈都好高兴。因为他已经有半年没有见到自己的爸爸了。

“奇奇洛，这真是太好了！你爸爸在外面一定很辛苦，妈妈要多准备一些好吃的。”

妈妈当然也非常高兴。她已经开始张罗着为即将归来的亲人准备好吃的东西了。

可是，一个不幸的消息紧接着就传来了：一个跟奇奇洛的爸爸一起外出干活儿的同乡突然通知奇奇洛的妈妈说："不得了了！您的丈夫在归途的船上受伤了！"

"啊，怎么会这样啊！多么不幸啊！"

奇奇洛一家顿时陷入了悲伤之中，那些期待中的欢乐顷刻间变成了焦虑和忧愁。

"奇奇洛，你要马上到医院去照料你的爸爸。我也很想去，可是，我去了，齐娜怎么办啊？她也需要人照料啊！"妈妈着急得流出了眼泪。

齐娜是奇奇洛的妹妹，一个星期前，她就生了病，现在正卧床不起呢。

"妈妈，您放心在家里照顾妹妹吧，我一个人也能好好看护爸爸的！"

于是，奇奇洛赶紧整理好行李，匆匆地奔向码头，去了爸爸所在的医院。

"医生，请告诉我，我爸爸的病房在哪里？"到了医院里，奇奇洛慌慌张张地从一个小窗口里询问医院里的人。

"你爸爸叫什么名字？"

"卡尔洛。卡尔洛·迪洛西。"

“噢，卡尔洛先生……”护士愣了一下，似乎想不起这个人来，就翻阅了一下病人名册。

“一个同乡说，他是从法国回来的途中受了重伤的。”

“哦，有可能是这一位吧。”

护士把奇奇洛带到了一间病房里。

这个房间里光线很暗，房间里的设施也很陈旧。

奇奇洛看见，爸爸孤单地躺在病床上。

“爸爸！您怎么啦……”

奇奇洛吓呆了！因为爸爸的伤势很重，奇奇洛觉得，爸爸的脸好像完全变样了。

“爸爸，我是奇奇洛，你知道吗？妈妈让我来照料您，妈妈写给您的信我也带来了。”奇奇洛大声地跟爸爸说着话。可是，病势很重的爸爸根本没有办法说话。

“孩子，你不要着急，会好起来的，你爸爸很快就会好起来的。”护士亲切地安慰着奇奇洛。

“爸爸，我一定细心照顾您，不会离开您的！我要一直守护在您身边，爸爸，您快点儿好起来吧！”

从此，奇奇洛从早到晚，细心地照料着自己的爸爸。尽管如此，他爸爸的病情还是一天比一天严重起来。

“孩子，我感到十分遗憾，我不能不告诉你，你父亲看来已经不行了！你要做好心理准备……”有一天，医生把奇奇洛叫到一边，跟他说了这一番话。

“不！不会的！我爸爸绝对不会死的！”奇奇洛倔强地擦着眼泪。他满怀痛苦地从医生的房间冲了出来。

这时候，突然有人把奇奇洛喊住了：“喂！你不是奇奇洛吗！孩子，你怎么会在这里啊？”

“啊！爸爸！”这一瞬间，奇奇洛简直不敢相信自己的眼睛。

精神抖擞的爸爸，不是就站在自己面前很近的地方嘛！

“你妈妈在信里说，你会来的，我就一直在等你，等来等去都不见你来，真叫我担心啊！”爸爸说着，一把把奇奇洛抱在胸前。

“爸爸，这是怎么啦？请告诉我，你是我真正的爸爸，对吗？”奇奇洛惊奇地、激动地把爸爸的脖子搂得紧紧的，好像生怕爸爸突然会变没了一样。“那么，我一直在照料的那位受伤的叔叔，他究竟是谁呢？”这时候，奇奇洛想到，原来自己一直在细心照料的，竟然是一个完全不认识的病人。

“孩子，你看，我的伤完全好了。我们可以一块儿回家了。”父亲拉住奇奇洛的手，准备向着医院的大门走去。

“不，请等一下，爸爸，我要去跟那位叔叔道个别。”

于是，奇奇洛和他爸爸一起向那间病房走去。

“叔叔，我要走了，祝愿您的病也早点儿好起来！”奇奇洛说着，就拉起叔叔的手。

这是一双枯瘦的手。那个病人吃力地睁开眼睛，用悲哀的眼神望着奇奇洛。

奇奇洛想：“是啊，他好可怜啊！我这一走，不知他会变得怎么样？他还能有信心活下去吗？”

奇奇洛知道，在他照料这位病人期间，从来也没有一个人来看望过他。在这个世界上，他也许是一个举目无亲的人呢。

“爸爸，我想，我还是留在这儿照顾这位叔叔吧。我如果就这样离开了这儿，以后肯定不会有其他人来照料他的。他也许会活不下去的！”想到这位可怜的病人的未来的命运，奇奇洛就向爸爸讲出了事情发生的原委和自己的想法。

“孩子，你说得很对！爸爸知道了。你做得对，应该留下来好好照料他。”

“谢谢爸爸。请告诉妈妈，叫妈妈别担心我。”

“我会的，好孩子，你也要注意身体啊！”

父亲对奇奇洛看了又看，那神情显然是不放心。然后，爸爸就转身走出了医院，回家去了。

“放心吧爸爸，我一定会好好照料他，让叔叔早日恢复健康的。”奇奇洛想。

于是，奇奇洛比之前更加热心周到地护理着病人。病人果然康复得很快。

“加油！再过一些日子，你就一定能像我爸爸那样完全恢复健康的。”奇奇洛安慰着叔叔，为他加油。

可是，有一天，叔叔突然感到非常痛苦难受起来。

“啊，医生，快来呀！叔叔这是怎么啦？”奇奇洛连忙去叫医生。

“不好！得立刻准备动手术！”医生说。

这次要做的，是需要花上整整一个晚上的一个大手术。

“啊，上帝啊，求求你发发善心，救救叔叔吧！”在叔叔动手术的时候，奇奇洛默默地为叔叔做着祈祷。

但是，非常不幸！第二天早晨，叔叔还是永远地闭上了眼睛，离开了人世。

“谢谢你，孩子！”在呼吸最为困难的时候，叔叔用力说出了最后一句话。

而对奇奇洛来说，这也是他听叔叔说出的第一句话。

“不！叔叔，不要离开我……”

叔叔走了。奇奇洛感到无限的悲哀。他眼泪都快哭干了。

“孩子，你已经尽力了！你真好，你是一个非常好的孩子！”医生们亲切地抚摸奇奇洛的头。

“现在，你该回家去了，你的家人一定都在家里等着你呢。”

护士送给了奇奇洛一束美丽的紫丁香花，作为礼物。

“再见，叔叔……”奇奇洛很想跟叔叔道个别，但是，他说不下去了。

因为，直到现在，他一直不知道这位叔叔叫什么名字。

“再见，我的……又一个爸爸。”奇奇洛把那束紫丁香花轻轻放在已经变得空荡荡的病床上。

然后，他抹着涌上来的泪水走出了病房。

（林 杉／译）

艾得蒙多·德·亚米契斯（1846~1908），意大利作家。生于意大利利古里亚大区因佩里亚省。毕业于莫德纳军事学院，后成为军官，参加了意大利第三次独立战争。1868年发表处女作《军营生活》，并因此而成名。1870年结束军旅生涯，专攻文学创作。著有大量的游记、小说，代表作有《散文集》《朋友们》《爱的教育》《大西洋上》等。

佛罗伦萨小抄写匠

〔意大利〕亚米契斯

夜已经很深很深了。是的，很深很深了！

所有的人都入睡了。

从外面寂静的街道上，不时传来巡夜的警察有节奏的脚步声，还有夜行的驿车渐渐远去的车轮声，随后又是一片深沉的静寂……

可是，12 岁的小学生裘里亚，还没有睡去。

他是一个贫穷家庭里的孩子，他的父亲是一位辛劳的铁路工人。为了养活一大家人，父亲经常要从别的地方揽一些公文回来抄抄写写的，每天都要抄写到深夜。

最近他又在替一家杂志社抄写订户的姓名和住址条子。父亲是用大大的正楷字抄写，每抄写 500 张，就能赚三个“里拉”（意大利货币单位）。这个工作总是使他觉得很劳累。他经常在饭桌上向家里的人叹息说：“唉！

我的眼睛不行了，这样熬夜真会要了我的命呢！”

父亲这么辛劳，让小裘里亚心里非常难受。

他想：“我已经是四年级的学生了，应该帮助父亲做点儿什么了。”

一天，小裘里亚对父亲说：“爸爸，我来替你抄吧，我能写得像你写的一样好。”

可是，父亲却摇摇头，回答说：“不，孩子，你应当专心学习，你的功课比我的条子更要紧呢。我连一个钟头也不愿意占你的。谢谢你，这件事我不答应，以后不要再提了。”

小裘里亚知道，在这种事情上，就是再向父亲请求很多次，也没有用，父亲不会答应他的。

于是，他便不再强求，只好暗中悄悄地做了。他知道，父亲每天夜晚 12 点准时搁笔，回到卧室去睡下。有好几次，钟表一打过 12 点，他就听见椅子向后拖的声音，接着，便是父亲迟缓的脚步声。

这天夜里，小裘里亚等父亲睡下了以后，就轻轻地穿好衣服，摸着黑走到父亲的书房里，点上煤油灯，在桌子跟前坐了下来。

桌子上放着一大沓空白纸条，还有一张写着订户的姓名和地址的清单。小裘里亚拿起笔，模仿着父亲的笔迹写了起来。

他用心写着，心里又感到高兴，又有些紧张。写了一会儿，纸条渐渐积多了。他放下笔，搓一搓冻得冰冷的手，再接着往下写。

他写了 160 张，差不多可以挣到一个里拉了！

然后，他停下来，把笔放回原处，吹灭了灯，蹑手蹑脚地回到自己小床上去睡了。

第二天吃午饭时，父亲看上去兴致很好，就是说，他并没有发现什么破绽。

是啊，因为每天晚上总是机械地按着钟点抄呀写的，一边还要考虑着别的事情，只有到第二天早晨才去数数他写下的纸条。

吃完饭，父亲满意地拍着小裘里亚的肩头说："裘里亚，我的孩子，你知道吗，你老爸还很能干呢，昨晚只用了两个钟头，就比平常多做了差不多三分之一的工作！可见我的手还灵活，眼睛也还中用呢。"

小裘里亚没有作声，心里却很高兴。

他在心里说："可怜的爸爸！除了能挣到钱，我还能使他感到快乐呢，使他觉得自己又变年轻了。这真是太好了！就这样干下去吧！"

父亲的话大大地鼓舞了小裘里亚。那天晚上，等到钟表打过了 12 点以后，他又悄悄开始起来工作了。

他一连这样帮父亲抄写了好几个晚上，父亲都没有发觉到什么。只是，有一天吃晚饭时，父亲说："真有点奇怪呢，最近灯油怎么费得多了？"

小裘里亚听了这话，不禁吃了一惊。

好在父亲没再说别的，于是他还是继续每夜悄悄抄写着。

然而，因为他每夜都要起来悄悄替父亲抄写，渐渐地，他的睡眠严重不足了，早晨起床时总是感到很疲倦，晚上做功课时也会不知不觉地打起瞌睡来。

有一天晚上，他强打着精神做着功课，做着做着竟趴在练习本上睡着了。

"裘里亚！你要用心做功课才好噢！"父亲拍着手把他喊醒。

小裘里亚只好振作起精神来继续学习。

可是，第二天、第三天，裘里亚还是这样没精打采的。

父亲开始观察他，认真地考虑这到底是怎么回事。

终于，一天早晨，父亲忍不住要责备他了。父亲说：“裘里亚，你实在叫我太失望了！你和以前完全不一样了，你看你，一到要做功课，怎么会这样没精打采的啊！我不喜欢你这个样子。你要知道，爸爸的希望，不，我们全家的希望，都寄托在你身上呢！你要争气啊！”

小裘里亚有生以来第一次受到父亲这么严厉的责备。他心里感到十分难过。他想：“是呀，不能再这样下去了，这件事必须停止了。”

就在那天吃晚饭时，父亲高兴地说：“真叫人高兴呢！这个月，我抄纸条比上月多挣了 32 个里拉！”

说着，他从抽屉里拿出一袋糖果来。这是他买来准备和孩子们一起庆祝这个额外收入的。孩子们都拍着手欢呼起来。

这时候，小裘里亚重新鼓起了勇气，想：“啊，可怜的爸爸！看来我还是应该瞒着他才对啊。只要我白天多用点功，晚上还是可以继续帮助爸爸的。”

不过，父亲接着说：“虽然我多挣了一点儿钱，可是，”他指了指小裘里亚，说，“我还是不能高兴起来，因为，裘里亚，你让我有点儿失望！”

小裘里亚只好默默地承受着父亲的责备，用力忍住几乎就要涌出来的眼泪。

不过，他心里还是很高兴的。毕竟，他帮助了父亲，让他对自己的工作有了一些信心了。

以后的日子里，小裘里亚仍旧在悄悄地帮助着父亲，拼命地工作。可是，由于连续的熬夜，他终于支持不住了。他的功课成绩在下降。父亲对他越来越不满了。

有一天，父亲去访问老师，老师说：“噢，裘里亚的功课还算过得去，因为他很聪明。只是，他不像以前那么用心了，上课的时候还会打瞌睡，思想很不集中，作文也不好好写，只是短短地写上三五句话，字迹也很潦草。他以前可不是这样的呢！他本来可以学得更多，学得更好些的。”

那天晚上，父亲回到家里，把小裘里亚叫到一边，用了比平常更加严厉的语气说：“裘里亚，我不能不好好跟你谈谈了！你应该看得见，爸爸平时是多么辛苦。为了你们，我简直在拼命了，你却一点儿都不替我着想，一点儿都不为你的妈妈和弟弟妹妹们着想！”

“啊，并不是这样的，爸爸，请不要这样说！”这时候，小裘里亚心里充满了委屈。他含着泪，很想把事情的真相说出来。

可是，父亲却打断他的话，继续说：“孩子，你很清楚咱们家里的境况。你也知道，每个人都得刻苦努力，日子才能维持下去。我自己每天就在做着双倍的工作。本来我还指望这个月能从公司得到一百里拉的奖金，今天早晨，我才知道那笔钱是毫无希望了！”

小裘里亚听了，把已到嘴边的话咽了回去。他暗自下了决心，在心里说：“啊，爸爸，我什么都不告诉你了，为了你和全家，我得守住这个秘密。我要用别的办法，把给爸爸带来的伤心补偿回来。功课我一定得努力学好，不让爸爸失望。最要紧的是，还要帮助爸爸养活一家人，减轻爸爸的负担。”

又过了两个多月，小裘里亚还是白日黑夜地拼着命，悄悄替父亲抄写着。

当然，父亲还是不停地责骂着儿子。最让小裘里亚难过的是，父亲对他渐渐冷淡，很少和他说话了！

有一天，父亲竟彻底失望地说道：“唉，看来，他是真的变坏了！他以前可不是这样的。那时他多用功啊！……算了吧，我已经不想管他了！”

小裘里亚听了这句话，真是心如刀割。

有一天晚上，小裘里亚又在悄悄地抄写纸条。夜已经很深了。他以为父亲肯定已经睡着了。

可是，这时，父亲已经站在他背后了。他的白发苍苍的头就俯在小裘里亚的小黑头上，看着儿子手中的笔尖在纸上飞快地滑动。

父亲一下子全明白了！他知道，他是错怪了小裘里亚了！

这时候，他的胸中充满了无限的懊悔和慈爱。他呆呆地站在那儿，激动得什么也说不出来。

突然，小裘里亚觉得有人用颤抖的两臂抱住了他的头，不由得叫出声来。

等他听出了父亲的啜泣声时，他转过身，低下头说：“啊，爸爸，原谅我，原谅我！”

父亲连连吻着他的额，哽咽着说：“不，孩子，是你要原谅我！爸爸总算明白过来了。是爸爸对不起你，错怪你了！让你受了那么多委屈！好孩子，来，跟我来！”说着，就把小裘里亚带到母亲床前。

这时，母亲已经醒了，父亲把小裘里亚抱起来，递到母亲臂弯里，说：“快，快亲亲我们的孩子。三个月来，他一直不睡觉，为我受苦，给我们挣买面包的钱，我却那样伤他的心！”

母亲把小裘里亚搂在怀里，一句话也说不出来。最后，她说：“快去睡觉吧，好孩子，快去睡吧。”

父亲把小裘里亚抱回卧室，放到床上，一边轻轻地抚摸着他，一边喘着气给他把枕头摆好，然后又把棉被盖在他身上。

小裘里亚对父亲说：“谢谢你，爸爸，晚安！现在您自己也该去睡了。”

（林 杉／译）

第一次抽烟

〔乌拉圭〕基罗加

我和妹妹玛丽亚常做的一件事，就是到郊外的一幢旧房子里去探险。

这幢旧房子在阴暗和潮湿中沉睡了很多年了。在院子里，生长着一些甜橙树和桃树。不过，甜橙树和桃树是不是开花了，有没有结果子，从来也没有人去注意。

当然，也没有人注意到，那里面的无花果枝叶铺满了地面，枯败的树叶堆积得厚厚的，要是不小心，一脚踩上去，整个人就会被埋进去。

这里实在就是我们探险的天堂。

这里还有一口废井。当初人们挖到十来米深时，就再也没有挖下去了，大概是没有发现水源吧。

井底下全是石头。四壁长满了青青的苔藓，严严地遮蔽了整口水井。

我和妹妹费了好大劲，才搬来一块大石头，准备扔到井里去，看看会发出什么响声。

有一个下午，我们突然觉得，总是这样探险，太没有创意了，不知怎么我们就玩起抽烟来。

那时，我们已经没有了爸爸，妈妈的一个弟弟阿尔方索，和我们住一起。

这位舅舅才二十来岁，长得一表人才，但是非常高傲。他对待我们兄妹两个，比妈妈还要威严。

玛丽亚和我都很讨厌他。不过，表面上我们对他还是恭恭敬敬的。

我们抽的烟，就是从这个舅舅那里偷来的。

我们想要抽得“有派头”一些，就决定用烟斗来抽。

我用一根苇秆做成了一个“烟斗”，再找来一截挂窗帘的空心棒当“烟嘴”。这个烟斗又大又轻，看上去还蛮好看的。

我们两个躲在那个旧房子里，坐在地上开始抽烟玩。我们把烟丝装进烟斗，把五支香烟的烟丝全装了进去。

然后，我把烟斗点着了，抽了起来。

玛丽亚目不转睛地盯着我，发现我眼里呛出了眼泪。

不过，我还是勇敢地把那要呕吐出来的口水吞了下去。

“香吗？哥哥。”

“当然香！”我把烟斗递给了她。

妹妹好奇地吸了一口，比我还要用力。

我也目不转睛地盯着她看，看见她眼眶里也呛出了眼泪。接着，她的嘴唇、舌头和喉咙都剧烈地颤动了起来。

“真的很香啊！”她一边说着，两只眼睛就变得红红的，像是快要哭出来的样子。

接着，她再一次把“烟斗”塞进了嘴里。

不行！我必须马上救她一把！不然，这该死的烟会呛死妹妹的！

“嘘——不要出声！我好像听见有云雀在唱歌……对了，它的窝巢肯定就在附近……”

听我这么一说，妹妹赶忙把烟斗一扔，也站了起来。

我们竖着耳朵、睁大眼睛，走出了旧房子。

表面上看，我们好像想赶快找到那只云雀，实际上，我们就像落水的人突然抓到了一根救命稻草一样，我们要赶紧利用这个“台阶”和借口，扔掉那讨厌的烟斗。这样，我们的自尊心又不会受到什么伤害。

一个月以后，我又去抽了一次芦苇秆“烟斗”。

这一次，舅舅发现了我们偷他的香烟，他发火了，当着我的面对我妈妈说：“看看你这个宝贝儿子，狡猾的埃杜亚多！只需要一天的工夫，就能让你愁白了头！你瞧着吧，将来有你操心的日子！”

“他们已经在担心，你会教训他们啊！”妈妈说。

“我？”舅舅叫起来，“我才懒得管他们呢。不过，要是他们对我这个当舅舅的没规矩，我就不客气了……”

“是的，那你就可以好好揍他们一顿！”妈妈点点头说。

“哼！我才不让他碰我呢！”我气得脸都红了，“他又不是我爸爸！”

“对呀……我也不准他打我！”妹妹也说，“他是个坏舅舅，阿尔方索……是个大笨蛋！”

于是，我和妹妹商量，再玩一次恶作剧，好好“修理”舅舅一顿！

我们用卷烟纸把一个鞭炮卷了起来，塞到了阿尔方索舅舅的香烟盒里。

他总是把香烟盒放在床头柜上,好在午睡时抽上一支。

当然，我们不能玩得太过分。为了避免伤害他，我们把“鞭炮香烟”的一头剪掉了一截，这样，香烟一旦点燃了，就只会冒火星，不会爆炸。

至于成功不成功，就要看舅舅是否能够识破这支特殊的香烟了。

结果，我们看见，午睡的时间，舅舅就像一颗子弹一样，从他的房间里飞了出来，跑到餐厅去找我妈妈。

“啊,你在这儿呢！你知道那两个小坏蛋都干了些什么吗？我发誓,这一回,我会让他们记住我的！我发誓！”

“阿尔方索！到底怎么啦？”

“怎么啦？我发誓，我要让你也记住的，既然你不会教育子女，那么就让我来好了！”

听到舅舅那怒气冲冲的声音，我吓得赶紧躲到了妈妈的背后。

舅舅一看见我，就张牙舞爪地向我扑了过来。

他绕着桌子追赶着我:“你这个小坏蛋！敢算计起我来了……”

“行啦，阿尔方索，你看你简直就像个孩子！”

舅舅飞跑着追赶着我，我差一点儿就被他抓住了。

不过，还好，这时我就像弹弓打出来的石子，从开着的大门嗖的一下飞了出去。

我径直向那所旧房子跑去。

舅舅在后面不依不饶地追赶着我。

我们跑到了苇塘边。

“快停下，你要是再追我，我就跳到井里去了！”我使劲叫着，好让妈妈听见我的声音。

“不用你自己跳，小坏蛋！让我把你扔到井里去！”

看来，他是不肯放过我了。我赶紧躲到了芦苇丛后面。

我一边跑，一边使劲推了一下那块大

石头——咕咚！接着，我往旁边一跳，整个身子就埋到了枯叶堆里。

舅舅追了过来。不过，眨眼间他就找不到我了，正好又听到从井下传来了咕咚一声闷响，就像是掉了一个人进去。

他顿时就站住了，脸色吓得煞白煞白的。

他惊慌地走到井边往下瞧，却被井壁长满的苔藓挡住了视线。

他使劲往黑咕隆咚的井底里看，又朝四周望了望，好像在嘀咕：小坏蛋究竟藏到哪里去了呢？难道是插翅飞了不成？

他知道我是在跟他捉迷藏。他断定我是藏到什么地方去了。

不过，厚厚的一层枯叶把我的身子全遮盖住了，他没有找到我。

最后，舅舅可能认定我是淹死在井里了。

不过，我倒要看看，他回去怎么对我妈妈交代！难道他会照直说我是因为怕他揍我，跳井自杀了？

过了大约十分钟，忽然从院子里传来妈妈的声音：

“阿尔方索！”

“姐姐，怎么啦？”舅舅吓了一大跳。

妈妈似乎预感到发生什么不幸了，她的声音都变了调：“埃杜亚多呢？他在哪儿？”

“在这儿啊，和我在一起！”舅舅竟然笑着回答她，“我们已经和好了。”

因为离得远，妈妈可能没有看清他那煞白的脸色，还有那难看的苦笑。他总算把事情应付过去了。

“你没揍他，对吧？”妈妈又问。

“当然没有，我不过是说着玩玩的。”

妈妈这才放心地进屋去了。

过了半个小时，妈妈突然又问起了我在哪里。

舅舅的声音支支吾吾的，似乎让她预感到出了什么不幸。

“埃杜亚多，我的孩子！”她大喊着，发疯似的朝着旧房子奔去。

“我的孩子！我的孩子！阿尔方索！”

舅舅跑过来，见她要向井边冲去，赶紧拦住她。

妈妈本来并不知道发生了什么事情，现在，她一看自己的弟弟那惊恐万分的样子，顿时就像明白了什么似的，立刻撕肝裂肺地嚎哭了起来。

妈妈那痛不欲生的样子，一点儿也没有吓住我。

因为我知道，我还好端端地活着呢。

我知道，等她一见到我，该又会高兴得热泪盈眶了！

当然，对舅舅的失败，我也感到十分得意。

“哼，还说要揍我呢！你不看看你自己都吓成什么样子了！”我在枯叶下小声地嘟囔着。

过了一会儿，我小心翼翼地爬了起来，蹲在地上，捡起了藏在树叶里的苇秆“烟斗”。

这一回，我可是一本正经地抽起烟来了。

我一连吸了四烟斗烟。我只记得，后来连芦苇秆都变成了蓝颜色的了，而且就在我鼻子尖前跳起舞来。

我觉得两边的太阳穴好像被小锤子敲了两三下，接着，我就失去了知觉……

不知道什么时候，人们把我从枯叶堆中抱回了家。

苏醒过来后，虽然我还很难受，但我仍没有忘记要耍花招，装成睡得很熟的样子，免得招惹什么。

妈妈用双臂疯狂地摇动我的身体，叫喊着：“我亲爱的孩子！我的埃杜亚多，我的宝贝！唉，阿尔方索，你看你做了什么！我永远都不会原谅你！”

妈妈用双手捂着胸口，不停地责怪着舅舅：“这口井，我的天哪！……”

可怜的、狼狈不堪的舅舅，这时候看上去真是要多傻有多傻啊！

而可怜的妈妈一点儿也没看出，我是被那可怕的香烟熏昏过去的。

终于，我睁开了眼睛，朝着他们笑了笑。

不过，接着，我又睡了过去。

这一次，我是真的睡着了，睡得很深很深。

过了好久，阿尔方索舅舅把我叫醒了。

“你知道吗，小坏蛋！我要是把真相说出去，你会怎么样吗？”他气呼呼地对我说，“明天，我就把一切都告诉你妈妈，看她怎么收拾你！到时候，有你好瞧的！”

这时候，那该死的香烟还在让我难受。

不过，我回答他说：“你要是敢对我妈妈讲出一句实情，那我可真的要跳井了！”

舅舅狠狠地瞪了我一眼。

显然，他拿我一点儿办法也没有，只好耸耸肩，把滑下去的被单拉了拉，一下盖到了我的脖子下面。

（谢 浩／译）

奥拉西奥·基罗加（1878~1937），用西班牙语写作的乌拉圭作家、诗人，被誉为“拉丁美洲小说之王”。在乌拉圭度过了童年，后来长期侨居阿根廷。当过新闻记者、体育教师、裁判和外交官。一生创作了近200篇短篇小说。代表作有《关于爱情、疯狂和死亡的故事》《林莽的故事》《阿纳孔达》《流放者》等。

六便士硬币

〔英国〕曼斯菲尔德

孩子们都是难以捉摸的小东西。像迪吉这样的男孩儿，照他的岁数来说，平素是挺乖觉、机灵、挺可爱，又听话又十分懂事的，可为什么让人一点儿摸不着头脑就发起脾气来呢？正像他姐妹们说的那样，他动不动就变成个“疯人儿”，而且，谁也拿他没办法。

“迪吉，到这儿来！到这儿来，小爷爷，快点儿！你听到妈妈叫你吗？迪吉！”

然而迪吉就不去。哼，他听是听清了。唯一的回答却是一阵清晰的、银铃般的低笑。接着他跑走了。他穿过草坪上没有切碎的干草，躲藏、奔跑，从堆放木柴的棚子房边飞跑而过，窜到菜园里去，在那儿躲起来，从长满青苔的苹果树干后面瞅着妈妈，像个没有开化的印第安人蹿上跳下。

事情是吃茶点时开始的。当时迪吉妈正跟下午来串门的斯比尔斯太太静静地坐在客厅里做针线活儿。按她家丫头说，孩子们吃茶时，发生了下面的事情：孩子们吃第一片涂黄油的面包时，别提多乖多安静啦，可等丫头刚刚把牛奶跟水倒好，就见迪吉猛地抓起面包盘子，倒扣在脑袋上，一只手还抄起了切面包用的刀子。

“瞧我！”他大声嚷着。

姐妹们吃惊地望着，丫头还没来得及走过去，面包盘子便摇晃一下，滑下来，摔在地板上，跌得粉碎。就在这个节骨眼上,小姑娘们提高了嗓门儿,高声尖叫起来。

“妈，来看看他干的好事呀！”

“他打碎了一个大盘子！”

“来管管他，妈！”

妈妈飞也似的走过来了，这你是可以想到的。可是，她来迟了一步，迪吉已经跳出椅子，穿过落地窗跑到游廊上去，是呵——她伫立着——把顶针摘下来，又戴上去，一副无可奈何的样子。她能怎么样呢？她不能够去追赶孩子，不能在苹果树和布拉斯李树中间去搜索他。那太不体面了。这可真叫人讨厌，叫人恼火。特别是斯比尔斯太太——不是别人，偏偏是斯比尔斯太太——正在客厅里等着她哩。而斯比尔斯太太的那两个男孩儿，又都是好样儿的。

“那好吧，迪吉，”她大声说，“我一定得想法教训教训你。”

“我才不在乎哩。”传过来尖细的声音，接着又是一阵银铃般的笑声。那孩子简直忘乎所以了。

“噢，斯比尔斯太太，这样把您自个儿丢下，真不知道该怎样向您道歉才好。”

“那有什么！班道尔太太，”斯比尔斯太太用一种甜丝丝的语调柔声说，两道眉毛以她特有的方式扬起来，她一边抚摸着折裥，一边仿佛在对自己微笑，“这些小事，总会时不时地发生，但愿没什么要紧的事吧。”

“是迪吉，”班道尔太太一边寻找她那唯一的一根细针，一边把事情给斯比尔斯太太从头到尾解释了一遍，“最糟糕的是，我不晓得怎么教导好他。他发起脾气来，无论你怎样，连一丁点儿用也不管。”

斯比尔斯太太睁开灰色的眼睛。“打也没用吗？”她说。

班道尔太太正在穿针，她撇着嘴唇。“我们从来没有打过孩子，”她说，“姑娘们似乎用不着。迪吉这孩子又这么小，而且只有这么一个男孩子。反正……”

“噢，我亲爱的，”斯比尔斯太太说，放下手里的针线活儿，“难怪迪吉要淘点儿气哩。我说这个您可别在意。想不打就把孩子们带大，那可是大错特错了。这我保证。什么办法也代替不了鞭打。我说这个可是有亲身体会的，亲爱的。我以前常用温和一些的办法，”斯比尔斯太太喘了一口气，鼻子里稍稍带着咝咝的声音，“比方说，用黄肥皂擦孩子们的舌头啦，或者叫他们在桌子上罚站，站整整一个星期六下午啦。可是没有用，这您可以相信，”斯比尔斯太太说，“没有什么办法，没有什么办法比把孩子们交给他们的爸爸去管教那样顶用。”

班道尔太太听说用黄肥皂，打心眼里着实吃了一惊。可是，斯比尔斯太太仿佛觉得这是理所当然似的。于是她也认为理所当然了。

“他们的爸爸，”她说，“那么说，您自己不打孩子？”

“压根儿没打过，”斯比尔斯太太听到她这么想，显得十分诧异，“我觉得妈妈并没有鞭打孩子的份儿。这是做爸爸的事。再说，当爸爸的可以让他们记得牢多了。”

“是啊,这我能想象得出。”班道尔太太有气无力地说。

“我那两个男孩子,”斯比尔斯太太朝班道尔太太和蔼地、鼓励地微笑着，“要不是害怕挨打的话，肯定也会跟迪吉一个样儿。事实上……”

“嗨，您的孩子可真是给别人做出了好样子。”班道尔太太大声说。

那两个孩子确实是这样的。天底下再也找不出在大人面前比他们更安稳更懂规矩的孩子了。斯比尔斯太太的客人常说，你根本不晓得她家里还有孩子，事实上也常常没有——他们时常不在家。

前厅里，有一幅大画，画着一群笑逐颜开的和尚在江边钓鱼。那幅画下面立着一根又黑又粗的马鞭。这是斯比尔斯先生他父亲的。不知怎么回事，孩子们总愿意在看不到这条马鞭的地方玩耍，在狗窝后面，在工具房里，或者围着垃圾箱玩耍。

“这就太不对了,”斯比尔斯太太叹息着说，她一边折叠起针线活儿，一边轻声地喘息，“要是在孩子们小时候，不对他们严厉点儿的话。这是叫人伤心的错，可一个人很容易犯这种错。这对孩子们不公平。一个人可得记住这一点。今儿下午迪吉这场小小的淘气，依我看，是故意的。孩子就是用这种方式告诉您，他需要挨一顿鞭子了。”

“您当真这样想？”班道尔太太是个没有主心骨的女人，这些话给了她深刻的印象。

“我是这么想的，我敢保证。时不时地让爸爸给他们点儿厉害提个醒，”斯比尔斯太太行家似的大声说，“将来会省去您不少麻烦。听我的话，亲爱的。”她把自己干瘪、冰冷的手放在班道尔太太的手上。

“等爱德华回来，我马上跟他说。”班道尔太太毫不动摇地说。

孩子们都上床睡觉了，才听见花园大门砰的响了一声，只见迪吉的爸爸搬着自行车，蹒跚地走上陡峭的水泥台阶。这一天，在办公室里过得真糟糕。他满身灰尘，又热又累。

这当儿，班道尔太太却因为那桩新打算而十分激动了，她亲自给他开了门。

“噢，爱德华，谢天谢地你回来了。”她叫着。

“哦，出什么事啦？”爱德华放下自行车，摘掉帽子——帽缘压着的地方露出一道气呼呼的红色皱纹，“怎么回事？”

“来——到客厅里来，”班道尔太太急切地说，“我简直没法跟你说迪吉有多么淘气来着。你想也想不出——你整天办公是想不出——这么小的孩子会是这个样子。他可真是要命。我管不了他——管不了。我变着法子管他，爱德华，可根本不顶用。唯一的办法，”她上气不接下气地把话说完，“是打他一顿，是你打他一顿，爱德华。”

客厅的一角摆着一个放古董的架子，顶层放着一只瓷制的棕色狗熊，舌头上着了颜色。黑暗之中，它仿佛在朝迪吉的爸爸笑，像是说：“好哇，你回到家来赶上的就是这个！”

“可是我到底干吗要开始打他呢？”爱德华瞪着狗熊，说，“我们从来没有这么做过呀。”

“因为，”他的妻子说，“你难道看不出这是唯一的办法吗？我管不了这孩子……”她的话从嘴唇上飞出来，击打着他，击打着他那疲乏的头脑，“我们使唤不起保姆。那个丫头的活儿干也干不过来。他那个淘气劲，简直没法说。你是不明白的，爱德华，你不会明白，你整天待在办公室里。”

狗熊伸出舌头。责骂的声音继续不断。爱德华陷进一把椅子里。

“我用什么打他呢？”他有气无力地说。

“当然是用你的拖鞋啦。”他的妻子说。她跪下来解开他那双沾满灰尘的鞋子。

“哦，爱德华，”她呜咽着，“你在客厅里还带着骑车用的夹子。不，说真的——”

“好啦，别说了，”爱德华差点儿把她推开，“把那只拖鞋递给我。”他走到楼上。他觉得自己像是落入黑网中的人。这会儿，他要去打迪吉。是啊，见鬼，他是要打什么东西。老天爷，这过的算什么日子！灰尘还在他那热辣辣的眼睛里，胳膊沉甸甸的。

他推开迪吉那间小屋的门。迪吉披着长睡衣，正站在地板中央。一瞧见他，爱德华心里火冒三丈。

“嗨，迪吉，你知道我是来干什么的？”爱德华说。

迪吉没有应声。

“我来揍你一顿。”

没有回答。

“掀起睡衣来。”

听到这句话，迪吉抬头望了望。他脸色深红。“一定得掀起来吗？”他小声说。

“过来。快一点儿。”爱德华说，抓着拖鞋狠狠地打了迪吉三下。

“喏，这让你知道该怎么样对待妈妈了。”

迪吉耷拉着脑袋站在那里。

“赶快给我上床睡觉。”他爸爸说。

他仍然一动不动。一阵颤抖的声音传过来：“我还没有刷牙哩，爸爸。”

“嗯，什么？”

迪吉抬起头来望了望，嘴唇在战栗，可是眼睛里没有一滴泪。他没有哭，一滴眼泪也没流。他强忍着不哭出来，声音沙哑地说：“我还没有刷牙哩，爸。”

一看到那张小脸，爱德华便转过身去，他不知不觉快步迈出房间，来到楼下，走到花园里。老天哪！他干了什么事了？他大步走着，躲到篱笆旁边那棵梨树阴影里。把迪吉打了——把他的小家伙用拖鞋打了——可究竟为了什么呢？他甚至都不知道是为什么。他突然闯进迪吉的房间——那个小家伙就穿着长睡衣在房间里。爱德华呻吟着，抓住篱笆。然而迪吉没有哭，连一滴眼泪也没流。要是他哭起来或生起气来，也许更好一些；可偏偏只叫了一声“爸”，他又一次听到了那颤巍巍的、低低的声音。就那样一句话没说原谅了他。可是，他却永远不能饶恕自己——永远不能。懦夫！傻瓜！暴徒！蓦地，他想起他和迪吉一起玩耍的时候，迪吉从他膝头跌了下去，扭伤了手腕，那时迪吉也没哭。而那就是他刚刚打过的那位小英雄。

“得想法补救一下。”爱德华想。他又大步流星地走进住宅，来到楼上，进入迪吉的房间。这孩子正躺在床上。半明半暗之中，他那发际四方的脑袋映衬着淡黄色的光，看得十分分明。他静静地躺着，即便是这会儿，他也没有哭。爱德华关上门倚在上面。他想在迪吉床边跪下来，大哭一场，请求宽恕。当然，是不能这么做的。他感到难堪，揪心地苦恼。

“还没睡，迪吉？”他轻轻地说。

“还没，爸。”

爱德华走过去，坐在迪吉床上，迪吉透过长长的睫毛瞅着他。

“不要紧，小家伙，是吗？”爱德华小声地说。

“不要紧的，爸。”传来迪吉的声音。

爱德华伸出手，小心翼翼地握住迪吉滚烫的手。

“你——你不要再想刚才的事啦，小家伙，”他声音嘶哑，“明白吗？都过去啦，别提啦。以后再也不会发生这种事啦。明白吗？”

“明白，爸。”

“所以现在应该快活起来，小家伙，”爱德华说，“应该笑，”接着，他自己用颤抖的声音，不同寻常地笑了笑，表示歉意，“全别提了——别——嗯？小人儿……老朋友……”

迪吉跟以前那样躺着。太可怕了。爱德华跳起来，走到窗前。花园里几乎暗了下来。丫头跑出去了，正从灌木丛上拿下白色的衣服，搭在胳膊上。但是，广阔无垠的天空里，星星闪耀，一棵巨大的桉树在淡淡的亮光下显得发黑，长长的叶片轻轻地摆动着。他望着这一切，一边用手在裤子口袋里摸钱。他掏出钱，挑出一枚崭新的六便士硬币，返回迪吉身旁。

“喏，给你，小家伙。自己买点儿什么吧。”爱德华柔声说，把那枚六便士硬币放在迪吉的枕头上。

然而，即使是这——即使是整个一枚六便士硬币——能够勾销发生过的事吗？

（李自修／译）

凯瑟琳·曼斯菲尔德（1888~1923），英国著名女作家，出生于新西兰，童年在新西兰自然美景与维多利亚式的文化熏陶下度过，15 岁时离家至伦敦。20 岁开始文学创作，作品包括短篇小说、诗歌和文学评论等，尤以短篇小说享誉文坛。共留下 5 部短篇小说集共 76 则故事，和 15 个未完成的短篇。代表作有《花园酒会》《幸福》《在海湾》等。

一串项链的价值

〔美国〕查尔斯·富尔顿·欧斯勒

她不知道为她姐姐买的一件礼物竟改变了一个男人的生活。

在小琼·格雷斯走进皮特·理查兹的商店那天，他感到他是镇上最孤独的人。

皮特的祖父生前拥有这个小店，他死后小店归了皮特。橱窗里摆满了各种漂亮的旧货：一百年前的珠宝，金的银的盒子，从中国、日本和别的国家运来的雕塑。

冬季的一天下午，一个小姑娘站到了店前，她的小脸贴近了橱窗玻璃。她的眼睛大大的，一脸的严肃，她细心观察完橱窗里的东西，脸上露出了笑意，迈步进了店里。

店里的光线并不亮，然而小姑娘仍能看到柜台里摆满了商品：老枪、钟表、大量的珠宝，金的银的盒子和雕塑，还有许多她叫不上名字的商品。

皮特一个人站在柜台后，他只有三十岁，但头发已逐渐变灰变白。他冷冷地瞧着那小姑娘。

“请让我看看橱窗里的那种蓝串珠项链好吗？”她开口道。

皮特从柜台里拿了一串，珠子在他手中闪着美丽的光泽。

“就要这串，”小姑娘说，好像这串珠子是特意为她做的一样，“请您用彩纸给我包起来好吗？”

皮特用冷漠的目光看了看她：“你是为别人买的？”

“为我姐姐买的，她照顾我。你知道这是妈妈死后的第一个圣诞节，我一直在为姐姐寻找一件真正漂亮的圣诞礼物。”

“你有多少钱？”皮特问。

她从大衣口袋里掏出一把硬币，放到了柜台上。“就这些，”她简单地解释说，“我一直在为姐姐攒钱买礼物。”

皮特看着她，目光中含着思索，然后他小心握紧了拳头，挡在项链的标价上，为的是不让她看到。他能告诉她项链的价钱吗？她的大大的蓝眼睛里流露出的愉快神情打动了他。

“等一会儿，”他说，而后进了商店后面，“你叫什么名字？”他正忙着什么事情。

“琼·格雷斯。”小姑娘回答。

皮特返回时手里拿了一个盒子，盒子用圣诞彩纸包着，还系着一条丝带。

“给你，”他说，“回家时别丢了。”

她愉快地笑着走出了店门。透过窗户他看着她走远了，心里觉得比以前还要孤独。

琼·格雷斯和她的项链使他再一次想起了往日的不幸。小姑娘的头发金黄，像阳光一样；眼睛蓝蓝的，像海水一样。从前皮特爱过一个姑娘，她也是金黄的头发，蓝蓝的眼睛。那串蓝宝石项链是为她准备的。

但是一天雨夜里，一辆轿车驶离了轨道，撞死了他心爱的姑娘。从那以后，皮特觉得除了不幸之外他一无所有。

从此皮特·理查兹过得更加孤独了。店里有人来时他还能跟客人谈两句，客人走后他只能孤单地与不幸待在一起了。后来时光磨去了他心底的伤痛。顾影自怜使得他几乎成功地忘掉那姑娘。

琼·格雷斯的碧眼使他从顾影自怜中醒了过来，失去的一切重又萦绕在他的心头。回忆带来的痛苦是如此巨大，那以后的十天里，皮特甚至想从来买漂亮的旧商品的快乐的顾客身边逃走。

当圣诞夜到来，最后一个顾客也走了以后，皮特的心情逐渐好转。旧年的一切都结束了。

但是对皮特·理查兹来说，那一夜并没有完结。门开了，进来一个年轻的姑娘。皮特不认识她，但觉得以前好像在哪儿见过她。她的头发金黄，像阳光的颜色；眼睛蓝蓝的，像海水一样。

一句话没说，她将一个盒子放到了柜台上，盒子用漂亮的圣诞纸包着。她从衣兜里掏出一些绿色丝带放到了盒子上。皮特打开了盒子，一串项链出现在他面前。

“这串项链是从您店里卖出的？”她问。

皮特看了看她，眼光中不再有冷漠的神情：“是的，是从我这儿卖出去的。”

“宝石是真的？”

“是的。这不是世上最好的绿松石做的——但项链是真的。”

“您记得卖给谁啦？”

“给了一个小姑娘，她叫琼。她想给姐姐买一件圣诞礼物。”

“它值多少钱？”

“我不能告诉您，”他说，“售货员从不告诉别人顾客付了多少钱。”

“但是琼从没有这么多钱，她怎么可能买得起项链？”

皮特用圣诞彩纸包着项链，而后又系上了一条绿丝带，他干得那样细心，就像十天前他给琼·格雷斯做的一样。

“她付出了一个人能给的一切，”他说，“她倾囊而出。”

好一会儿小店里寂静无声。忽然城里教堂的钟响了。时间已是午夜，圣诞节到了。

“可是您为什么要这样做？”她问。

皮特把盒子放到姑娘手里。

“除了她，没人能够接受我的圣诞礼物。”他说，“已是圣诞节早晨了，能让我送您回家吗？我衷心希望您能圣诞快乐。”

于是，在连续敲响的钟声里，皮特·理查兹和一个他还不知其名的姑娘走向了一个充满希望和幸福的新的圣诞日里。

（舒 如／译）

查尔斯·富尔顿·欧斯勒（1893~1952），美国作家。出生于马兰里州巴尔的摩的一个普通工人家庭。早年一直从事编辑出版工作，1944 年成为《读者文摘》的高级编辑。一生中写了大量的小说、随笔和剧本。代表作有《檀香》《月亮的孩子》《蜘蛛》《战栗》等。

爸爸奖

〔美国〕罗伯特·富尔格姆

书房的架子高处，放着一只纸箱，上面写着几个大字：好东西。每当我伏案写作，就能看到它，箱子里是些私人收藏，是些在一次次筛选丢弃中幸存下来的东西。小偷往箱子里瞧瞧，保证没他愿拿的玩意儿，里面任何一件东西也值不了两毛钱。不过，一旦房子失火，我逃命时准带上它。

纸箱中有件纪念品。那是个小小的纸袋，一只午餐袋，袋口用订书钉和回形针封着，从一个边缘不齐的豁口可以看见里面的内容。

这个特别的午餐袋，我已保存了十四年。实际上它属于我女儿莫莉。莫莉上小学后，每天早上热情十足地给我们大家分装午餐，用的就是这种午餐袋，每只袋中装着一份三明治，几个苹果和买牛奶的钱。有时还有一张纸条或是一张优待券。

一天早上，莫莉递给我两个纸袋，一个装着午餐，另一个却用订书钉和纸夹子封着口，不知内装何物。“怎么两只袋子？”我问。

“另外那个是别的东西。”

“什么？”

“零零碎碎的玩意儿。只管带上好啦。”

我把两个纸袋强塞进公文包，匆匆吻了吻莫莉，就上班去了。

中午急忙吞着午饭，我撕开了莫莉给的另一只纸袋，抖着倒出了里面的东西。只见有两条发带、三颗小石子、一只塑料恐龙、一支铅笔头、一个小贝壳、两块动物饼干、一只玻璃球、一支废口红、一个小娃娃、两颗赫尔希牌小糖果，还有十三枚硬币。

我不由得微笑：都是些什么宝贝哟！我急着腾清桌面以忙下午的紧急公务，便将莫莉的小玩意儿和我吃剩的午饭一齐撮进了废纸篓。

晚上我正读着报，莫莉跑到我身边问：“我的袋袋呢？”

“我忘在办公室了，怎么啦？”

“我忘记把这张纸条放进去了。”她递给我一张纸条，

“另外，我想把纸袋要回来。”

“为什么？”

“袋袋里都是我最喜欢的东西，爸爸，真的。我原先以为您也许高兴玩它们呢。现在我自己又想玩了，您没把它弄丢吧，爸爸？”莫莉的眼里闪着泪花。

“噢，没丢，”我忙哄她，“我只是忘记带回来了。”

“明天带回来，好吗？”

“一定。别担心。”她松了一口气，双手搂住我的脖颈。我打开纸条，只见上面写着：我爱你，爸爸！

我久久凝视着女儿的小脸。莫莉把她的珍爱之物给了我——那全是一个七岁孩子的珍宝。纸袋中满盛着亲情爱意。而我，不但忽略了这一点，还把它扔进了废纸篓！天哪！我觉得自己简直不配当爸爸。

反正无事可做，尽管办公室离家挺远，我还是赶了回去，在守门人清扫之前拎起了废纸篓。我把里面的杂物一股脑儿倒在桌面上。正当我一件件向外挑拣那些宝贝时，看门人进来了。“丢了什么？”他问。我觉得自己活似个大傻瓜，于是就告诉他始末根由。

“我也有过小孩子。”他说。一对傻兄傻弟就在垃圾堆中扒拣起珍珠宝贝来，一边相视而笑。看来干这种傻事的确还大有人在啊！我把恐龙身上沾的芥末洗掉，又往那些宝贝上大喷了一通清凉剂，压掉那股洋葱味儿。我摊平那个棕色纸团，勉强使它像个纸袋，把那些玩意儿装进去，然后，像揣着一只受伤的小猫，小心翼翼地将它带回了家。

次日晚上，我把纸袋还给莫莉，没做任何解释。纸袋已经很不像样子，不过里面的东西一件不少，这才是最要紧的。晚饭后，我请她讲讲那些宝贝，她便一个个掏出来，一排溜摆在饭桌上。

她讲了很长时间，每一件物品都有一个故事。有些东西是仙女送的，而赫尔希牌小糖果是我给的，她一直保存着，想吃时就拿出来享用。我一边听，一边明智地不时插上一句"噢，我懂了"之类的话，而且，我也确实懂。

令我吃惊的是，几天之后莫莉又把袋子还给了我，仍旧是那些内容。我感到自己得到了谅解，又获得了信任，她依旧爱我。我这个爸爸当得更加惬意。一连好几个月，她不时交给我那个纸袋。可我仍没弄明白，在一些特殊的日子里，我为什么有时得到它，有时却又得不到它。我开始把它看成爸爸奖，于是每晚竭力要做个好爸爸，以便第二天早晨能够得奖。

莫莉慢慢长大，兴趣也随之转移，有了新的喜好。我呢，仍旧只有那个纸袋。有一天早上，她把纸袋给我后，再没有要回去，我一直把它保存至今。

我想，在这甜蜜的生活中，自己肯定有时忽略了亲人给予的亲情爱意。一个朋友把这种情景叫作“站在河中，死于干渴”。

喏，那只破旧的纸袋就在纸箱里。很久以前，一个小女孩把它给了我，她说：“这是我最好的东西，拿去吧——给你了。”

我第一次得到它时，丢掉了它。不过，现在它属于我了。

（刘海燕／译）

罗伯特·富尔格姆（1937~ ），美国当代作家、哲学家。做过民歌手、推销员、教区牧师、新闻记者等，擅长绘画、雕塑、音乐。1988年发表第一部小说《我需要知道的一切》，大获成功。其作品风格简单直接，又蕴藏哲理。代表作有《真爱》《床着火了，而我还躺在那里》《也许是，也许不是》等。

最后一片藤叶

〔美国〕欧·亨利

位于纽约一角的一所公寓里，住着一个名叫珍妮的女孩子和她的母亲。

可怜的是，珍妮现在已经病倒了。她得了肺炎，已经有好几天不能起床，高烧、喘咳得厉害，珍妮的身心已经极度衰竭。

“珍妮，你感觉怎么样？”母亲问。珍妮无力地回答道：“我已经太累了，我想早一点儿去天国。连医生都说我已经没救了……”

“不要乱说，医生讲这孩子会马上好起来的。来，喝口汤吧……”但珍妮把脸扭了过去说：“不想喝……”母亲亲切地摸了摸珍妮的头，然后离开床边。但是，母亲想起这天早上医生说的话：“如果按现在的状况持续下去的话，那孩子大概是没救了。热度不退，身体衰竭到了极点。更可怕的是那孩子自己也认为没救了。现在那孩子需要的是一颗想活下去的心。”

怎样才能把一颗想活下去的心给珍妮呢？这肺炎可是个致命的疾病啊。

“珍妮，别撇下妈妈自己走啊！”母亲只是一个劲儿地悄悄流泪。

同在一所公寓住的贝尔曼先生走了进来：“珍妮的情况怎么样？”妈妈走到贝尔曼先生身边，将脸埋在他的怀里。贝尔曼先生拍拍珍妮母亲的肩膀低垂下眼帘。

“那么严重吗？”

贝尔曼先生是一个上了年纪的画家，虽说是画家，他却很少绘画。只是在为了买面包的时候画些小插图而已。

“我将要画一幅杰作给大家瞧瞧。”虽说这已经成了贝尔曼先生的口头语，但他对自己的才能已经完全丧失了信心。一面对画布，贝尔曼先生就焦躁不安，责怪自己不能顺利地画出一幅杰作。每天都以酒消愁……是珍妮抚慰了贝尔曼先生的那颗心。爱绘画的珍妮常到贝尔曼先生的房间去玩。“又在喝酒吗？这可不行。”珍妮把酒杯从贝尔曼先生的手里夺过来。“把欢乐还给我。”贝尔曼先生虽然嘴上那样说，却高兴地把珍妮抱在怀里。

两人就像亲密的爷孙一样高兴地互相开着玩笑。只要与珍妮在一起。贝尔曼先生就会感到世界一下子光明起来。

但是，现在珍妮在重病中受着苦。听了珍妮母亲的话，贝尔曼先生才知道唯有生活下去的愿望才是拯救珍妮的药剂。

这时,他们听到了珍妮的声音:“十一片……十片……九片。落得越来越快了。”

珍妮盯着窗外看。母亲和贝尔曼先生跑到珍妮的床边：“你在数什么呢，珍妮，什么‘九片’？”

珍妮凝视着窗外回答道:“是叶子,常春藤的叶子。”珍妮望着伸向邻居家围墙的常春藤。

紧紧缠绕在已经枯萎的蔓藤上的几片叶子正在摇晃。“我得病的时候还有很多呢……那叶子就是我的生命。瞧，又落了一片。当叶子全部落光的时候，我也要去天国啦。”

“别说了！珍妮！”母亲喊道，“那叶子怎么会是你的生命呢！别说傻话了！”母亲哭着拉上了窗帘。这可怎么办呢？珍妮哪里是想活下去，她把所有的希望都抛弃了。

“怎么办呢？怎么办才好呢……”贝尔曼先生望着珍妮苍白的侧脸，低声地嘟囔着。

那天夜里，天气恶劣，不但大雨滂沱，而且风雪交加，雷轰电闪。珍妮盯着天花板，听着外面的声音。

不久，天亮了。

“妈妈，拉开窗帘。”母亲一听到这话脸马上变得僵硬。因为母亲想昨夜的大风暴大概把常春藤的叶子都刮掉了，如果珍妮看见的话……但是，窗帘总是要拉开的。

母亲用颤抖的手拉开了窗帘。“珍妮，常春藤上还有叶子呢！”常春藤上还残留着叶子。但只有一片。珍妮的眼睛放出了光。但那只是一瞬间的事。珍妮马上又叹息地说道：“那片藤叶也会很快飘落下来的。瞧，风又刮起来了。”

雨下了一整天，晚上也没停过。可是无论怎样风吹雨打，最后的那片藤叶就是没有落下来。

珍妮目不转睛地凝望着那最后的一片叶子。那叶子像是在对珍妮说：鼓起勇气活下去，要活下去啊。珍妮的眼里不知不觉地盈满了眼泪。

“妈妈，我真糊涂，我不应该想到死。一定是神留下了那片叶子，神告诉我，想到死的孩子是糊涂孩子。我想喝点儿汤。”

“珍妮！”泪水也沾湿了母亲的脸。母亲不住地点着头。

就这样，重新获得了生活希望的珍妮，很快就把精神振作起来了。

几天后，终于能起床的珍妮从母亲那儿听到了一个意想不到的消息。贝尔曼先生在那暴风雨之夜得了肺炎，去世了。

“什么？”珍妮不相信那消息，她去了贝尔曼先生的房间。在那里，当珍妮看到粘在调色板上的红与绿的绘画颜料时，她全明白了。

怪不得那最后的一片叶子无论风怎么刮，它也纹丝不动呢。

珍妮奔跑到外面。墙上画着一片藤叶。

原来是贝尔曼先生在那场暴风雨中画上去的。为了让珍妮获得生的希望，他自己献出了生命。

“贝尔曼大叔，贝尔曼大叔！”珍妮泪流不止。

对于穷画家贝尔曼先生来说，唯有这片常春藤的叶子才是穷其一生的杰作。无论是哪一位伟大画家的作品，也比不上倾注在这片叶子里的一片赤诚。

（胡应坚／译）

欧·亨利（1862~1910），美国短篇小说家，世界三大短篇小说大师之一。生于美国北卡罗来纳州。做过学徒、药剂师、出纳员等，后因挪用银行资金入狱。1901 年出狱后，专门从事写作。一生共创作短篇小说近 300 篇。代表作有《爱的牺牲》《警察与赞美诗》《带家具出租的房间》《麦琪的礼物》《最后一片藤叶》等。

西蒙的爸爸

〔法国〕莫泊桑

12 点的钟声刚刚敲过，学校的大门就开了，孩子们争先恐后、你推我挤地拥出来。他们不像平日那样很快散开，回家去吃中饭，却在离校门几步远的地方站住，三五成群地低声谈论。

原来是因为这天早上，布朗肖特大姐的儿子西蒙第一次到学校里来上课了。

他们在家里都听人谈论过布朗肖特大姐。虽然在公开的场合大家表示很欢迎她，可是那些做母亲的和仆人对她抱着一种同情里带点儿轻蔑的态度。这种态度也影响了孩子，不过他们并不明白究竟为的是什么。

西蒙呢，他们不认识他，因为他从来不出来，也没有跟他们在村里的街道上或者河边玩过。因此，他们谈不上喜欢他。他们怀着愉快里掺杂着相当惊奇的心情，互相转告一个十四五岁的大孩子说的这句话："你们知道……西蒙……嘿嘿，他没有爸爸。"

瞧他那副眨着眼睛的狡猾神气，仿佛他知道的事情还不止这一点儿呢。

布朗肖特大姐的儿子也在校门口出现了。

他约莫七八岁，面色有点儿苍白，身上挺干净，态度羞怯得几乎显得不自然。

他正准备回家去。这当儿，一群群还在交头接耳的同学，用孩子们想恶作剧时才有的那种狡猾残忍的眼神望着他，慢慢地跟上来，把他围住。他惊奇而又不安地站在他们中间，不明白他们要干什么。那个报告消息的大孩子一看自己的话已经发生了作用，就神气十足地问他："你叫什么？"

他回答："西蒙。"

"西蒙什么呀？"对方又问。

这孩子慌慌张张地又说了一遍："西蒙。"

大孩子冲着他嚷嚷起来："西蒙后面还得有点儿东西，光是西蒙……这不是一个姓。"

他差点儿哭出来，第三次回答："我就叫西蒙。"

淘气的孩子们都笑了。那个大孩子越发得意，提高了嗓门说：“你们都看见了吧，他没有爸爸。”

一阵寂静。一个小孩居然没有爸爸，这真是一件稀奇古怪、不可能的事，孩子们听了一个个都呆住了。他们把他看成了一个怪物、一个违反自然的人。他们感到，他们母亲对布朗肖特大姐的那种莫名其妙的轻蔑也在他们心里增加了。

西蒙呢，他赶紧倚在一棵树上，才算没有跌倒，仿佛有一场无法避免的灾难一下子落在他头上。他想替自己辩解，可是他想不出如何回答，来改变他没有爸爸这个可怕的事实。他脸色惨白，最后不顾一切地嚷道：“我有，我也有一个爸爸。”

“他在哪儿？”大孩子问。

西蒙答不上来，因为他也不知道。孩子们很兴奋，嘻嘻哈哈笑着。这伙跟禽兽差不了多少的乡下孩子突然间起了一种残忍的欲望：也就是在这种欲望的驱使下，同一个鸡窝里的母鸡，发现它们中间有一只受了伤的时候，就立刻扑过去结果它的性命。西蒙忽然发现一个守寡的邻居女人的孩子。西蒙一直看见他像自己一样，孤零零跟着母亲过日子。

“你也没有爸爸。”西蒙说。

“你胡说，”对方回答，“我有。”

“他在哪儿？”西蒙追问了一句。

“他死了，”那个孩子骄傲万分地说，“我爸爸躺在坟地里。”

这伙小淘气鬼纷纷叫起好来。倒好像爸爸躺在坟地里的这个事实抬高了他们的一个同学，贬低了那没有爸爸的另一个似的。这些小家伙的父亲大多数是坏蛋、酒徒、小偷，并且是虐待妻子的人。他们你推我搡，越挤越紧，仿佛他们这些合法的儿子想把这个不合法的儿子一下子挤死似的。

有一个站在西蒙对面的孩子，突然阴险地朝他伸了伸舌头，大声说：“没有爸爸，没有爸爸。”

西蒙双手揪住他的头发，乱咬他的脸，还不停地踢他的腿。一场恶斗开始了。等到两个打架的被拉开，西蒙已经挨了打，衣服撕破，身上一块青一块红，倒在地上，那些小无赖围着他拍手喝彩。他站起来，随手掸了掸小罩衫上的尘土，这当儿有人向他喊道：“去告诉你爸爸好了。”

这一下他觉得什么都完了。他们比他强大，他们把他打倒了，可是他没法报复他们，因为他知道自己真的没有爸爸。他想忍住往上涌的眼泪，可是才几秒钟，他就觉得憋得透不过气来，不由得悄悄地抽噎，抽噎得浑身不停抖动。

敌人中间爆发出一片残忍的笑声。像在可怕的狂欢中的野人一样，他们很自然地牵起手来，围着他一边跳，一边像唱叠句似的一遍遍地叫："没有爸爸，没有爸爸！"

可是西蒙忽然不哭了。他气得发了狂，正好脚底下有几块石头，他拾起来，使劲朝折磨他的那些人扔过去。有两三个挨到了石头，哇哇叫着逃走。他那副神情非常让人害怕，孩子们都慌了。像人们在一个情急拼命的人面前，总要变成胆小鬼一样，他们吓得四散奔逃。

现在只剩下这个没有爸爸的小家伙一个人了，他撒开腿朝田野里奔去，因为他想起了一件事，于是下了一个很大的决心。他想投河自杀。

他想起的是一个礼拜以前，有一个靠讨饭过日子的穷鬼，因为没有钱，投了河。捞起来的时候，西蒙正好在旁边。这个不幸的人，西蒙平时总觉得他怪可怜的，又脏又丑，可是当时却脸色苍白，长胡子湿淋淋的，眼睛安详地睁着，那副宁静的神情颇引起了他的注意。围着的人说：“他死了。”又有人补了一句：“现在他可幸福啦。”西蒙也想投河，因为正像那个可怜虫没有钱一样，他没有爸爸。

他来到河边，望着流水。几条鱼儿在清澈的河水里追逐嬉戏，偶然轻轻地一跃，叼住从水面上飞过的苍蝇。他看着看着，连哭也忘了，因为狡诈的鱼儿引起他很大的兴趣。然而，正如风暴暂时平静了，还会突然有阵阵的狂风把树木刮得哗哗乱响，然后又消失在天边一样。“我要投河，我没有爸爸。”这个念头还不时地挟着强烈的痛苦涌回他的心头。

天气很热，也很舒适。和煦的太阳晒着青草。河水像镜子似的发亮。西蒙感到几分钟的幸福和淌过眼泪以后的那种困倦，恨不得躺在阳光下面的草地上睡一会儿。

一只绿色的小青蛙从他脚底下跳出来。他想捉住它，可是它逃走了。他追它，一连捉了三次都没有捉到。最后他总算抓住了它的两条后腿，看见这个小动物挣扎着想逃走的神气，他笑了出来。它缩拢大腿，使劲一蹬，两腿猛然挺直，硬得像两根棍子，围着一圈金线的眼睛瞪得满圆。前腿像两只手一样地舞动。这叫他想起了一种用狭长的小木片交叉钉成的玩具，就是用相同的动作来操纵钉在上面的小兵的操练。随后，他想到了家，想到了母亲，非常难过，不由得又哭起来。他浑身打战，跪下来，像临睡前那样做祷告。但是他没法做完，因为他抽抽搭搭哭得那么急，那么厉害，完全不能左右自己了。他什么也不想，什么也不看，只是一个劲儿地哭。

突然一只沉重的手按在他肩上，一个粗壮的声音问他："什么事叫你这么伤心呀，朋友？"

西蒙回过头来。一个蓄着胡子、长着一头黑鬈发的高个儿工人和蔼地看着他。他眼睛里、嗓子里满是泪水，回答："他们打我……因为……我……我……没有爸爸……没有爸爸。"

"怎么，"那人微笑着说，"可是人人都有爸爸呀。"

孩子在一阵阵的哀痛中，困难地回答："我……我……我没有。"

工人的脸色变得严肃起来，他认出了这是布朗肖特大姐的孩子；虽然他到当地不久，可是他已经模模糊糊地知道了一些她的过去。

“好啦，”他说，“别难过了，我的孩子，跟我一块儿去找妈妈吧。你会有……会有一个爸爸的。”

他们走了，大人搀着小孩的手。那人的脸上又露出了笑容，因为去见见这个布朗肖特大姐，他并不觉得讨厌。

他们来到一所挺干净的白色小房子前面。

“到啦，”孩子说完，又叫了一声，“妈妈！”

一个女人走了出来。工人立刻收住笑容，因为他一看就明白，跟这个脸色苍白的高个儿妇人，是再也不许开玩笑的了。她严肃地立在门口，他神色慌张，捏着鸭舌帽，吞吞吐吐地说：“瞧，太太，我给您把孩子送来了，他在河边上迷了路。”

可是西蒙搂住母亲的脖子，说着说着又哭起来了：“不，妈妈，我想投河，因为别人打我……打我……因为我没有爸爸。”

年轻女人双颊烧得通红，心里好像刀绞。她紧紧抱住孩子，眼泪扑簌簌往下淌。工人站在那儿，很感动，不知道怎样走开才好。可是，西蒙突然跑过来，对他说：“您愿意做我的爸爸吗？”

一阵寂静。布朗肖特大姐倚着墙，双手按住胸口，默默地忍受着羞耻的折磨。孩子看见那人不回答，又说：“您要是不愿意，我就再去投河。”

那工人把这件事当作玩笑，微笑着回答：“当然喽，我很愿意。”

“您叫什么？”孩子接着问，“别人再问起您的名字，我就可以告诉他们了。”

“菲列普。”那人回答。

西蒙沉默了一会儿，把这个名字牢牢记在心里，然后伸出双臂，无限快慰地说：“好！菲列普，您是我的爸爸啦。”

工人把他抱起来，突然在他双颊上吻了两下，很快地迈着大步走了。

第二天，这孩子到了学校，迎接他的是一片恶毒的笑声。放学以后，那个大孩子又想重新开始，可是他像扔石子似的，冲着他的脸把话扔了过去：“我爸爸叫菲列普。”

周围响起了一片高兴的喊叫声：“菲列普谁？……菲列普什么？……菲列普是什么东西？……你这个菲列普是打哪儿弄来的？”

西蒙没有回答，他怀着不可动摇的信心，用挑衅的眼光望着他们，宁愿被折磨死，也不愿在他们面前逃走。校长出来替他解了围，他才回到母亲那儿去。

一连三个月，高个儿工人菲列普常常在布朗肖特大姐家附近走过，有几次看见她在窗口缝衣裳，他鼓足了勇气走过去找她谈话。她客客气气地回答，不过始终很严肃，从来没对他笑过，也不让他跨进她的家。然而，男人都有点儿自

命不凡，他总觉得她跟他谈话的时候，脸比平时更红。

可是，名誉一旦败坏了，往往很难恢复，即使恢复了也是那么脆弱，所以布朗肖特大姐虽然处处小心谨慎，然而当地已经有人在说闲话了。

西蒙呢，非常爱他的新爸爸，几乎每天晚上都要在他一天工作结束以后，和他一同散步。他天天到学校去，在同学中间傲然独立，总也不理睬他们。

谁知有一天，带头攻击他的那个大孩子对他说：“你撒谎，你没有一个叫菲列普的爸爸。”

“为什么没有？”西蒙激动地问。

大孩子搓搓手，说：“因为你要是有的话，他就应该是你妈的丈夫。”

在这个正当的理由面前，西蒙虽然窘住了，可是他还是回答：“他反正是我的爸爸。”

“这也可能，”大孩子冷笑着说，“不过，他不完全是你的爸爸。”

布朗肖特大姐的儿子垂下头，心事重重地朝洛阿松老大爷开的铁匠铺走去。菲列普就在那儿干活儿。

铁匠铺仿佛埋藏在树丛里。铺子里很暗，只有一只大炉子里的红火一闪一闪，照着五个赤着胳膊的铁匠，叮当叮当地在铁砧上打铁。他们好像站在火里的魔鬼似的，两只眼睛紧盯着捶打的红铁块。他们的迟钝的思想也在随着铁锤一起一落。

西蒙走进去的时候，谁也没有注意。他悄悄走过去拉了拉他的朋友的袖子。他的朋友回过头来，立即停下手中的活儿，所有的人都很关心地瞧着。接着，在这一阵不常有的静寂中，响起了西蒙尖细的嗓音：“喂，菲列普，刚才米舒德大婶的儿子对我说，您不完全是我的爸爸。”

“为什么？”工人问。

孩子天真地回答：“因为您不是我妈的丈夫。”

谁也没有笑。菲列普一动不动地站着，两只大手扶着直立在铁砧上的锤柄，额头靠在手背上。他在沉思。他的四个伙伴望着他。西蒙在这些巨人中间，显得非常小。他心焦地等着。突然有一个铁匠对菲列普说出了大家的心意：“不管怎么说，布朗肖特大姐是个善良规矩的好姑娘，虽然遭到过不幸，可是她勤劳、稳重。一个正直人娶了她，准是个挺不错的媳妇。”

“这倒是实在话。”另外三个人说。

那个工人继续说：“如果说这位姑娘失足过，难道这是她的错处吗？别人原答应娶她的。我就知道有好些如今非常受人敬重的女人，从前也做过跟她一样的事情。”

“这倒是实在话。”三个人齐声回答。

他又接着说下去：“这个可怜的女人一个人把孩子抚养大，吃了多少苦！从那以后，除了上教堂之外，从来不出大门，这些日子里她又流了多少眼泪，那只有天主知道了。”

“这也是实在话。”其余的人说。

接下来，除了风箱呼哧呼哧扇动炉火的声音以外，什么也听不到了。菲列普突然佝下腰，对西蒙说：“去跟你妈说，今儿晚上我要去找她谈谈。”

他推着孩子肩膀把他送出去。

接着他又回来干活儿，猛然间，五把铁锤同时落在铁砧上。他们就这样打铁一直打到天黑，一个个都像劲头十足的铁锤一样结实、有力、痛快。但是，正如大教堂的巨钟在节日里敲得比别的教堂的钟更响一样，菲列普的铁锤声也盖住了其余人的锤声，他一秒钟也不停地捶下去，把人的耳朵都给震聋了。他站在四溅的火星中，眼睛里闪着光芒，热情地打着铁。

他来到布朗肖特大姐家敲门的时候，已经是满天星斗了。他穿着节日穿的罩衫和干净的衬衣，胡子修剪得很整齐。年轻女人来到门口，很为难地说："菲列普先生，像这样天黑了到这儿来，是不大合适的。"

他想回答，可是他望着她，结结巴巴地不知说什么好了。

她又说："不过，您一定了解，不应该让人家再谈论我了。"

这时，他突然说："只要您愿意做我的妻子，那又有什么关系呢？"

没有回答，不过他相信听到有人在阴暗的房间里倒下去。他连忙走进去。已经睡在床上的西蒙听到了他母亲低声说出来的几句话。接着，他突然被他的朋友抱起来。他的朋友用一双巨人才有的健壮的胳膊举着他，大声对他说："你可以告诉你的同学们，你的爸爸是铁匠菲列普·雷米，谁要是再欺侮你，他就要拧谁的耳朵。"

第二天，学生们都来到了学校。快要上课的时候，小西蒙站起来，脸色苍白，嘴皮打战，用响亮的声音说：“我的爸爸是铁匠菲列普·雷米，他说谁要是再欺侮我，他就要拧谁的耳朵。”

这一次再没有人笑了，因为大家都认识这个铁匠菲列普·雷米，有像他这样的一个爸爸，不管谁都会感到骄傲的。

（郝 运／译）

莫泊桑（1850~1893），法国小说家，被誉为“短篇小说之王”。生于法国诺曼底。1870年普法战争爆发后应征入伍。战后，就职于海军部和教育部，同时开始从事文学创作，并得益于文学大师福楼拜的教诲。1880年发表《羊脂球》而一举成名。此后共完成了三百多篇短篇小说及六部长篇小说。代表作有《一家人》《我的叔叔于勒》《两个朋友》《项链》等。